ナイトランド叢書

〈グレン・キャリグ号〉のボート

ウィリアム・ホープ・ホジスン

野村芳夫 訳

アトリエサード

THE BOATS OF THE "GLEN CARRIG"

William Hope Hodgson

1907

装画：中野緑

目次

母上《マドレ・ミーア》よ

人は言うかもしれない
あなたはもう若くないと
それでも、わたしにとって
あなたの青春は昨日のこと
昨日はまだ生暖かき
わが夢のごとし。
ああ！　歳月はいかに
あなたをかなぐり捨てるのか
柔らかなレースのその灰色のスカーフで。

そして、歳月をもってしても
あなたは老いることなし——
いかにして有り得べきや！

あなたの髪が昔日の輝かしい
漆黒を少しも失わず――
かんばせには皺《しわ》もない。
その落着いた穏やかさを壊す染みもない。
風もそよがぬ
夕暮れの黄金なす光にも似て
あなたのかんばせの霊光は
祈りのごとく清らかだ。

〈グレン・キャリグ号〉のボート　ウィリアム・ホープ・ホジスン　野村芳夫 訳

これは、栄えある〈グレン・キャリグ号〉が、南方の未知なる海域において暗礁に乗り上げ、浸水沈没したのち、この地球の不可思議な土地に踏み入った者の冒険の報告である。ジョン・ウィンターストロー郷紳《きょうしん》が、一七五七年、その子息ジェイムズ・ウィンターストローに語った通りを、きわめて正確に、かつ読みやすく筆記したものである。

1　孤絶の地

　われわれが救命ボートに分乗してから五日となるが、この間島一つ見えなかった。ところが六日目の朝になって、ボートを総指揮する水夫長《ボースン》から声が上がった。左舷彼方に、陸《おか》らしきものが見えるという。ただ、やけにのっぺりしているので、それが陸なのか、朝方の雲気か誰にも見きわめられない。それでも、心中に希望がきざしたわれわれは、なんとか漕ぎ続けて近づいた。およそ一時間が経ち、現にそれが平坦な内陸を有する岸辺だと確認できた。

　やがて正午を少し過ぎた頃、だいぶ接近したので渚から先の土地のようすがはっきり認められた。不気味なほど平坦な地形で、想像を絶する寂寥《せきりょう》感が漂う。あちらこちらに風変わりな植物が群生しているようだが、それらはところにより低木の林であったり、大ぶりの藪の茂みであったりするとしか説明のしようがない。はっきりいえるのは、かつてこれに似たものを見た覚えがないということだ。

　わたしがそう観察しているうちにも、内陸へ遡上するための河口を探して、ボートはゆっくりと沿岸を進んだ。しかし、かなりの時間が経っても見つからない。それでもついに、岸が粘土《ねばつち》の入り江《クリーク》を見つけた。これは結局、大河が海に注ぐ河口であることがわかったのだが、われわれはその後も〝クリーク〟と呼び続けた。ここに入りこんで、曲がりくねった河の流れに逆らい、ひどくゆっくりと進んだ。遡上しながら、われわれは上陸に好都合な地点がうまく見つからないものかと、左右の低い土手を入念に調べたのだが、ふさわしい場所はまったくなかった——ぬかるんだ土手など、到底上陸する気になれるものではない。

さて、広いクリークを一マイルほどボートが進んだあたりで、たまたま沖からわたしが目にした植物群の一番手に遭遇した。それは二十ヤードも離れていなかったので、より詳細に観察できた。わたしの見るところ、相当低くてひねこびたある種の樹木から大部分が成り立っているのは確かだが、どこかまがまがしい雰囲気をかもしている。近づくまでは、枝の多いこの木を藪と区別する説明などわたしには思いつかなかった。というのも、元から先まで細長くすべすべしている枝が地面に向かって垂れ、さらにその先端から成長したらしい大型のキャベツ状の実のごときものがひとつずつ下がっているのである。

この最初の植物群を過ぎても河岸の土手は相変わらず低く、陸地の先までぐるりと観察しようと、わたしはボートの漕ぎ座の上に立ち上がった。すると、視界のおよぶかぎりはるか遠くまで、四通八達したおびただしいクリークと池が続いているのがわかった。そのなかにはきわめて広大な面積を占める池もあった。先に述べたとおり、ここの土地は標高が低く——さしずめ泥の大平原であったので、一望、もの寂しさがこみ上げたものだ。わたしはまったく無意識のうちに、この周囲の土地の極度の静けさに気圧《けお》されていたのかもしれない。というのも、この荒れた地に生き物が見当たらず――例の生育不全の木のみが藪となってそちこち、視界の果てまで繁茂しているものの、鳥も草木もわたしの目には入らなかったからだ。

その沈黙を意識しはじめると、なおさら不自然さが際立ってきた。これほどの静寂を保つ土地に出会った覚えは一度もなかった。視界を横切ってどんよりとした空に舞い上がる一羽の飛鳥もなく、海鳥の遠い鳴き声すらまったく聞こえない! カエルのゲロゲロ鳴く声や魚が水面で跳ねる音もない。まるで〈沈黙の国〉、いわゆる〈孤絶の地〉に行き着いたかのようだった。

三時間経って、われわれはあくせくオールを漕ぐのをやめた。もう海は見えなくなっていた。それでもまともに歩けそうな土地は見当たらず、灰色や黒い泥ばかりで――ぬかるみの荒野にすっかり取り囲まれていた。そんなわけで、いつかはしっかりした大地にたどり着けるかもしれないと、われわれはやむなく漕ぎ続けた。

やがて、日没の少し前、オールを休めたわれわれは、残った食糧の一部を使ってわずかな料理を作った。食事中、荒れ地に沈んでゆく夕日が見えた。仮泊した対岸に例の藪があったので、左舷の水面に木々が奇怪な影を投じるのを見るのは、ささやかな気散じになった。このときだったと記憶しているが、この地がいかに音を欠いているかを、わたしは改めて確信したのであった。自分の気の迷いではなかったと。こちらのボートと水夫長の乗るボートの双方の人々が、そのために平静を保てないらしいことにわたしは気づいた。なぜなら静けさを破るのをはばかるかのように声をひそめて喋っていたからだ。

このとき、その荒野ではじめて生き物の鳴き声を耳にしたわたしは、孤独感がきわまってすくみあがった。最初の声は、はるか内陸の奥から聞こえた。――低いむせび泣きのような奇妙なその声は、大森林を吹き抜けた一陣の風音のように高まってまた弱まった。だが、風は起きていない。ほどなくして声が絶えると、かえってこの地の静寂は凄みを増した。わたしは自分や水夫長のボートの乗員を見まわしたが、耳をそばだてていない者は一人もなかった。このようにして静かな一分が経ったとき、緊張の糸の切れた男が笑い声を上げた。

水夫長が黙れとつぶやいたそのとき、あの荒々しいむせび泣きの哀訴がふたたび聞こえた。すると突然、われわれの右側から声が発せられ、たちまち合唱となった。そしてクリークのずっと上流あたりからオウム返しに声がした。それを受けて、わたしはもう一度周囲の土地を眺めようとして漕ぎ座に立ち上がったが、クリークの土手の高さは以前より増しているばかりか、藪が視界を遮っていて、身長分高くなっても両岸の先は見通せなかった。

そしてほどなく、泣き声は消えてゆき、ふたたび静寂がもどった。やがてわれわれは坐って次になにが起こるかと耳を澄ませた。隣に坐る最年少の見習い水夫のジョージが困惑顔でわたしの袖を引き、あの泣き声はなんの前兆なのか見当がつくかとたずねた。だが、わたしは首を振って否定し、おまえと同じでまったくわからないと答えたものの、風の音かもしれないと慰めを述べた。しかし、それを聞いて彼は首を振った。まさにべた凪《なぎ》だったので、そんな理屈が通用しないのは明白であったからだ。

わたしが言い終えるかどうかというとき、またもや悲しげな泣き声が聞こえてきた。クリークのずっと上流から、ずっと下流から、内陸から、そしてわれわれと海のあいだの陸地から聞こえてくるようだった。夕方の空はその愁いに満ちた号泣にあふれた。わたしはそのなかに、絶望の淵に立つ人間そっくりの奇妙なむせび泣きの声がまじるのに気づいた。その凄みに気圧されて、みな口を閉ざしていた。まるで地獄に墜ちた魂の泣き声を耳にしているようだったからだ。そして、恐怖にとりつかれて過ごすうち、太陽は地の境に没し、あたりは夕闇につつまれた。

そして、もっと驚くべきことが起きた。というのも、急速に暗くなって夜となると同時に泣き叫びが静まり、べつの音がこの地に響いたからだ——遠く重々しい咆哮が。最初は泣き声と同じく、はるか内陸から聞こえてきたが、たちまち四方八方から一斉に発せられて、いまや夜の闇に満ちている。音量を増してきて、妙なラッパ風の音がまじる。やがて徐々に音は低く持続的な咆哮となり、わたしにとっては獲物を求める飢えた執拗なうなり声にしか思えない響きだった。そう！　聞くに堪えない〝飢え〟の調子——という以上にふさわしい言葉は思い当たらない。信じ難い数々の音声のうちでも、それがわたしの心をとりわけ震撼させた。

坐って聞き入るわたしの腕をジョージがつかみ、左岸の薮のあたりになにかやってきたとうわずったささやき声で断言した。それが確かなのはすぐにわかった。薮のなかから立て続けにさらこすれる音がしていたし、野獣が近くで喉を鳴らすようなうなり声も聞こえた。これを受けて即座に水夫長の声がした。こちらのボートの責任者、最年長の見習い水夫のジョッシュに、ボートを横付けして並ぶよう低い調子で命じた。そこでわれわれはオールを降ろし、クリークの中央部で共にボートを並べた。そしてわれわれは夜っぴて監視を続け、恐怖におののいて声をひそめて喋った。といっても、うなり声に抗して相手に聞ける程度にではあるのだが。

そんなふうにときが経ち、すでに語った以上の出来事は起きなかった。ただ一度だけ、真夜中を少し過ぎた頃、正面の藪がふたたびごそごそ動いたようだった。ちょうどなんらかの動物が一匹ないし数匹で藪を渡り歩く感じであった。それからほどなく、土手に水が跳ねるような音が一度聞こえたが、すぐに止んでもとの静けさにもどった。

かくして落ち着かないときが去り、東方の空が白んで夜明けを迎えた。明かるさが増すにつれ、執拗な咆哮は闇や暗がりと共に去った。そうしてようやく朝が来たが、いま一度前夜と同じ悲しげなすすり泣きが聞こえた。大きくなったり小さくなったりしながら、周囲の広大な荒れ地に哀切きわまりない声をしばらく響かせていた。やがて太陽が地を離れると衰えてゆき、もののしい響きを耳に残して静まった。そんなふうにして静寂が復活し、日中ずっとその状態が続いた。

一日がはじまり、水夫長はとぼしい糧食による質素な朝食を作るよう、われわれに命じた。食後、怪しげな生き物が見えるかもしれないと両岸を調べてから、われわれはふたたびオールを手にして上流への旅を続けた。というのも、命のある土地、足もとのしっかりした土地にほどなくたどり着ける希望を抱いていたからだ。しかし、先に述べたとおり、まばらながら生えている草木は例外なくきわめて鬱蒼と繁茂していて、わたしとしては生命の絶えた土地柄だと必ずしも言い切れなくなった。いま実際、そうして考えてみれば、藪を繁らせているその泥が、実は地味の肥えたきわめて豊かで動きの緩慢な、粘着性の生命体であるとも思えるのだ。

正午になったが、周囲の地勢に大きな変化はなかった。藪が深くなり、両岸越しに数も増えた。しかし、岸辺はなお相変わらず深くまとわりつく泥のままで、とうてい上陸できそうにはなかった。もっとも、仮に上陸したとしても、土手の奥地なら良いとは思えなかった。

そしてわれわれは終始漕ぎ続け、この岸あの岸と休みなく目を配った。そして、オールを握っていない人間は、各自の鞘入りナイフに片手を添えずにはいられなかった。というのも、昨夜の出来事の記憶が鮮明で、われわれの不安は大きく、これほど糧食が尽きかけていなかったら、海へと逆戻りしていただろう。

2　クリークの船

やがて夕方近く、われわれはこの主流に左岸から流入するクリークの開口部に出くわした。一日中、多くの支流をやり過ごしてきたので、今度も無視しかけたのだが、先導のボートに乗った水夫長《ボースン》から、最初の川曲《かわわ》のすぐ先に船があるとの声が上がった。確かにそのようだった。途中で折れてぎざぎざになったマストの一本が突き出して見えた。

厳しいまでの孤独感に加え、近づく夜への恐怖から気が滅入ってきたわれわれは、歓呼にも似た声を上げた。とはいえ、どんな人間が乗っているかまったくわからないからと、水夫長は黙らせた。そして、沈黙したまま水夫長はボートをそのクリークに向けた。われわれもそれに続き、静けさを保つように気をつけながら、油断なくオールを漕いだ。するとほどなく、川曲の手前に到着し、すぐ前方に船がはっきり見えた。そこからは乗員がいるようには見えなかった。そんなわけで、多少のためらいののち、われわれはなお、音を立てないように骨折りつつ、ボートを船に漕ぎ寄せた。

不思議な船は、クリークの右手の土手に船体を乗り上げていて、藪めいた木々がかぶさって茂っていた。どうやら他の部分はぶ厚い泥に深く埋もれているらしい。古く陰鬱な外観からして、元気な人間が残っているとは思えない。

われわれが右舷船首――というのも、船はこの小クリークの下流方向に船首を向けていたので――から二十ヤードほど近づいたあたりで水夫長はオールの逆漕ぎを命じ、ジョッシュがわれわれのボートもそれに倣《なら》わせた。そして、もしも危険なときは逃げられる態勢を取って、水夫長は見知らぬ船に呼びかけた。しかし、彼の声が小さく谺《こだま》して返ってきただけで返事はない。そして、甲板の下層にいて最初の呼びかけが聞こえなかった可能性もあるので、ふたたび声をかけたが、二度目も低い谺――と、彼の声が震わしたかのように藪がかすかに震えた――以外なんの反応もない。

それで自信をつけたわれわれはボートを横付けし、即座にオールを立てかけてよじ登り、船の甲板に上がった。甲板は、主船室の天窓のガラスが割れ、枠組みの一部が壊れているのを除けば、とりわけ散らかってはいなかった。さしあたり、船が放棄されてからそんなに時間が経っているという印象は受けなかった。

ボートから船上に登っていた水夫長はそのまま昇降口に向かい、われわれもあとに続いた。昇降口の蓋はあと一インチというところまで閉ざされていたので、ずらしてあけるのはかなり大変だった。つまり、これが使われなくなってから相当の時間が経過しているという直接の証拠だった。

とはいえ、大幅に時間をとられずにわれわれは船内に入り、最小限の家具調度を除き、主船室が空っぽであるのを確認した。そこから前方は二つの特別室に続き、船尾方向は船長室に続いていた。いずれの船室も衣服や小物類の状態から推して、あわてて船を放棄したように見受けられる。さらにそれを裏付ける証拠があった。船長室の抽出に相当な分量の金貨が見つかったが、船長が故意に残していったとは考えられない。

右舷側の特別室は女性が――明らかに乗船客だ――使っていたとわかる。いま一方は寝棚が二床備わっていて、推測するかぎりでは二人の若者が共同で使っていたようだ。衣服が無頓着に散らかっていることからもわかる。

しかし、船室の吟味に多くの時間を割くわけにはいかなかった。食糧に窮しているわれわれは、水夫長の指示に従い、船内に生存の助けとなる食糧が残っていないか、至急確かめなければならなかった。

この目的のため、われわれは食糧貯蔵室に下りるハッチを取り外し、ボートから持ってきた二灯のランプに点火して探索に下りた。するとすぐに貯蔵樽を二つ見かけたので、水夫長が手斧で割ってあけた。この樽は頑丈で状態が良く、充分に食べられる堅パンが入っていた。これを見たわれわれは推測のとおり、さしあたり飢餓におちいる恐れがなくなって気が楽になった。これに続いて糖蜜の樽が一つ、ラム酒の貯蔵樽が一つ、乾燥果実――かび臭くて食用には適さない――数ケース、塩漬けの牛肉、塩漬けの豚肉各一樽、酢の小樽が一つ、ブランデーが一ケース、小麦粉の樽が二つ――片方の樽は湿気っていた――糸芯ロウソク一束が見つかった。

ほどなくして、食糧とそれ以外をうまく分別できるようにすべてを主船室に運び上げた。水夫長がこれらを詳しく調べているあいだに、ボートの品を荷揚げさせようとジョッシュは二人の水夫を連れて甲板に行った。今夜は船内で過ごす決定がなされたからだ。

それが終わると、ジョッシュは船首楼《フォクスル》へと歩んだが、二竿の水夫用私物品箱《シーマンズチェスト》の向こうには筒状のズック袋《シーバッグ》一つと妙な品物以外になにも見当たらなかった。実際、そこには寝棚が十床しかなかった。小型のブリグ型帆船なので、必要な人員は少ない。それでもジョッシュは私物品箱の半端さに大いに疑問を覚えた。十人の船員に二竿と——ズック袋一つというのはちょっと考えられないことだった。しかし、この時点では彼に答えようもなく、夕食が待ち遠しくて甲板へもどって、主船室に向かった。

彼のいないあいだに水夫長は人々を主船室から出したあと、銘々に堅パン二個とラム酒一杯を分配した。ジョッシュが現われると、彼にも同じようにあたえ、まもなく、いうなれば会議を催すため全員を招集した。腰をすえて話し合うのに充分な食糧があるのだ。

しかし、話し合いのまえに水夫長は船長室で刻みタバコを一ケース見つけてあったので、われわれはまずパイプに火をつけた。そして、一同で現状をよく考えた。

食べ物が手に入ったので、水夫長の計算ではおよそ二ヵ月間、節約せずとも飢えずにいられる。だが、このブリグ型帆船に水の貯蔵樽があるかどうかはまだ不明だった。海から遡ったとはいえ、クリークの水には塩気があった。それ以外に不足はない。水を探るため水夫長はジョッシュと二人の船員を送り出した。またべつに、廃船内にいるあいだの調理室の責任者を決めた。しかし、その夜については、全員なにもする必要はないと彼は言った。明日までの分はボートの小型水樽に充分確保されていたからだ。そうこうするうち、船室が暗くなりはじめたが、すっかり安堵し、良質の刻みタバコを満喫してわれわれは話を続けた。

まもなく、誰かが静かにしろと突然叫んだ。同時にみなが尾を引くすすり泣きを遠くに聞いた。初日の夕刻に聞こえてきたのと同じだった。紫煙と募りゆく夕闇をとおして、われわれはたがいに顔を見合わせた。見交わしているあいだにも、より明瞭になり、やがてあたり全体から聞こえてきた——そうとも！　まるで天窓の壊れた枠から、姿の見えない悩ましい化け物が下りてきて、頭上の甲板で呼ばわっているかのようだった。

その叫びのさなかにいて動く者はなかったが、ジョッシュと水夫長だけはようすを窺《うかが》うため昇降口へと上がったが、なにも見えずにもどってきた。鞘入りナイフ以外に武器を持たずに生身をさらすのは賢明ではないだろう。

そしてたちまち夜が訪れた。われわれはパイプの火でたがいの存在を知る暗い船室に黙って坐っていた。

突如として、低くこもったうなり声が陸地に響き渡った。その重々しい声に泣き声はたちまち消された。それにともないたっぷり一分の静寂があり、そしていま一度、前回より近くではっきりとした声が聞こえた。わたしは口からパイプを外した。最初の夜にきざした大きな恐怖と不安がまた復活したからだ。紫煙はもはや喜びではなくなった。こもった咆哮はぬぐい難い記憶となって、遠くへと消え、突然静かになった。

その静けさのもと、水夫長が声を上げた。全員船長室へ急げと命じた。われわれはその命に従ったが、彼は昇降口の蓋を閉めに走った。ジョッシュが行動を共にし、苦労しながらも、二人は蓋を閉じた。船長室に集まったわれわれは、ドアを閉めてかんぬきを支《か》い、私物品箱の大箱二竿でドアをふさいだ。怪物だろうが野獣だろうが侵入できないと考え、われわれは生きた心地をとりもどした。しかし、お察しのとおり、完全に安心できたわけではない。悪魔のようなうなり声が闇に響き渡り、しかも、どんな恐ろしい魔物が乗船してきたのか見当もつかなかったからだ。

そして夜通しうなり声は続き、われわれの頭上間近に聞こえた。――そうとも！　その威圧的な音声は前夜とはくらべものにならず、すさまじい恐怖に、わたしは避難できたことを神に感謝した。

3　漁り廻る怪物

大方の人々と同様、わたしは途切れがちな眠りに落ちたが、半睡半醒の体であった——夜っぴて続く上からの咆哮に恐怖をあおられては、熟睡できるものではなかった。かくして、真夜中を廻った頃、わたしはドアの向こうの主船室の音を聞きつけ、たちまち目がさえてしまった。起きあがって耳を澄ますと、得体の知れないものが主船室の甲板上をなにやら探しているのに気づいた。そこでわたしは立ち上がり、眠っているようなら起こそうと、水夫長《ボースン》の寝ているところに向かった。しかし、揺り起こそうとかがみ込むと、彼はわたしの足首をつかみ、静かにしているようにとささやいた。彼も主船室のほうでなにかが漁《あさ》り廻っている異様な物音には気がついていたのだった。

まもなく、できるかぎりドアに近づこうと、彼とわたしは私物品箱に忍び寄り、その場にしゃがみ込んで、聞き耳を立てた。だが、あまりにも奇妙な音なのでなにが動いているのか見当もつかなかった。足を引きずるでも、歩行でもなく、いわんや——陰気な場所では夜に吸血鬼が活動するという話がまず心に浮かんだが——コウモリの羽ばたきでもない。まして、ヘビの威嚇音でもないが、二人には濡れた大雑巾で床や隔壁のあちらこちらをこすっているように聞こえた。こんな類推どおりであればずいぶんましだったろうが、突如としてそいつはわれわれが耳を澄ましているドアの向こうを横切ったのである。お察しのとおり、二人とも肝をつぶしてのけぞった。ドアと私物品箱を隔てたとはいえ、至近でそいつがこすったのだ。

まもなく音は止み、耳をかたむけても聞きとれなくなった。しかし、われわれはそれから朝まで眠れなかった。主船室を漁っていたのはいったいなにものだったのか、どうにも気になってしかたなかったからだ。

やがて夜が明け、咆哮は止んだ。哀切な泣き声はしばらく耳に届いて気分を滅入らせたが、ついにこの陰鬱な土地に昼間のとこしえの静寂が訪れた。

そういうわけで、やっと得られた静けさに、疲れ果てたわれわれは眠りをむさぼった。朝の七時頃、水夫長に起こされたわたしは、主船室のドアが開かれているのに気づいた。しかし、水夫長とくまなく捜索したものの、あれほどわれわれを震い上がらせたものの痕跡はどこにも見当たらなかった。しかし、なにも変わったところはなかったと断言するのははばかられる。というのも、隔壁のところどころにこすれたような疵があったからだが、それが昨夜以前にはなかったかどうか、確かめるすべはない。

昨夜聞いた音について、水夫長はわたしに箝口令《かんこうれい》を敷いた。これ以上の無用な恐怖を部下たちにあたえたくなかったからだ。思慮深い対応であろうし、わたしの精神衛生上も望ましい。けれども、われわれを震え上がらせた相手はいったいなにものなのかがわからず、わたしの心は混乱の極に達していた。だから、昼間ならば安心できるのかどうかがなによりも知りたかった。どこにいてもその恐怖がつきまとい、心中、隠れん坊の鬼にも等しい存在となってしまい、見つかったらわれわれは滅ぼされかねないとびくつくようになったからだ。

調理室ではすでに火が起こされていたので、ラム酒と堅パンに加え、塩漬けの豚肉がそれぞれに支給された朝食のあと、水夫長の指示に従ってさまざまな仕事に取りかかった。ジョッシュほか二名は水樽の点検に、残りの者は積み荷の調査のため、主甲板のハッチの蓋を上げた。しかし、驚くなかれ！　船倉には三フィートの水が溜まっているだけでなにもなかった。

このときはもうジョッシュはすでに樽から水を汲み出していたが、ひどい臭いと味がして飲用に適した水質ではなかった。しかし、水夫長は幾つかバケツにその水を溜めさせた。外気にさらせば、まかり間違ってなんとかなるかもしれないと考えたからだが、昼になっても気休め程度にしか改善されなかった。

予測に難くないこの結果を受けて、飲料水をどうやって調達すべきか、われわれは頭を悩ました。しかし、それぞれがそれぞれの思いつきを口にするばかりで、誰一人として飲料水の不足を解決する決定的な方法を提示できなかった。水夫長は昼食が済むのを見計らって、ジョッシュほか四名を上流に向かわせ、一、二マイル川を遡上し、飲料となる水源を探索させた。一行は日没間際にもどったが、水を確保できなかった。どこまでも塩水であった。

ところで、淡水が見つからない場合を見越して水夫長は、かねて調理係に任じていた数人に、クリークの水を大型のヤカン三つに入れて沸かすよう命じた。探索のボートが出発してまもなくのことである。それぞれのヤカンの口先に鉄製の大なべを吊し、船倉から汲んだ冷たい水――クリークの水より冷えているからだ――を満たし、ヤカンの口から出た湯気が冷たい鉄なべの表面に当たって凝縮され、調理室の床に置いた三つのバケツでそのしずくを受けるようにした。この方法で夕方と翌朝分をまかなえる真水が集められた。しかし、これは手間ひまのかかるやり方であり、みなこの廃船をできるだけ速く離れたがっていたから、水の確保は一刻を争う重大事だった。

夜の泣き声が充分予期されたので、陽の沈むまえに夕食が準備された。食後、水夫長は、昇降口の蓋を閉め、われわれはひとり残らず船長室に入り、ドアには昨晩と同じくかんぬきを掛けた。それだけの慎重さをもって対処することが、われわれには望ましかった。

船長室に入って、ドアをしっかり閉めたとき、陽が沈んでいった。闇が訪れると、全土に憂鬱なすすり泣きが響き渡った。しかし、いまのところこの不気味さに幾分なじんだわれわれは、パイプに火をつけて喫煙した。とはいえ、気がついてみると誰も喋っていない。外の泣き声は忘れようもなかったからだ。

われわれは沈黙していたが、それは長続きしなかった。そのわけは、最年少の見習い、ジョージの発見にあった。この若者はパイプを喫わないので、時間をもてあまし、やむなく前方隔壁の脇の甲板に置かれていた小さな箱の中身を選りだしていた。

箱には十数個ほどの灰色をした包み紙の反古《ほご》らしきものや、妙な木っ端が入っていたようだ。元来は穀物の種の見本を入れて運ぶ箱らしいが、現状ではべつの用途に使われたのだろう。ジョージは最初、包み紙を脇にどけておいた。しかし、暗くなってきたので、水夫長は食糧貯蔵室で見つけてあったロウソクの一本に火を灯した。そこでジョージはあたりに散らかったがらくたの店じまいをはじめたが、なにかを発見して、驚きの叫びを上げた。大きな声を上げたのは、子供じみた落ち着きのなさだと思った水夫長は、ジョージに声を出すなと命じた。しかし、ジョージはロウソクを手もとに引き寄せ、聞くように言った。なぜなら、その包装紙には女手のきれいな文字が書かれていたからだ。

ジョージが見つけた記録を読もうとした頃には、誰の目にも夜の訪れは明らかだった。というのも、泣き声が突然止み、その代わりに、ここ二晩悩まされた夜の咆哮が、遠く低くはじまった。しばし、われわれはパイプをくゆらすのも忘れ、あまりのすさまじい響きに、じっと耳を澄ませた。きわめて短時間のうちに、これまでの夜と同じく、船のぐるりを囲まれたようだった。しかし、しばらくして耳が慣れると、われわれは喫煙を再開し、包装紙の書き付けを読み上げてくれるよう、ジョージに言った。

するとジョージはやや震えがちな声で、包装紙の文字を追いはじめた。それはわれわれの関心事にも大いに関係する、途方もない話だった――。

〝土手の上部の木立のなかで泉が発見されたのは、とても喜ばしいできごとでした。水の不足に困り果てていた折りだったものですから。すると、船を恐怖していた何人かは(不幸のすべても、船の会食仲間やわたしの恋人の兄弟が不可解な失踪を遂げたのも、船にとりついた悪魔のせいだと言い張り)、装備を運び、泉で野営をするのだと明言しました。そんな計画を思いついた人達は、当日午後のうちに実行に移したのです。船長は立派で誠実な人ですから、彼らに対して命を粗末にせず、安全な隠れ場所に留まるよう懇願しました。でも、前述のとおり、一人も忠告には耳をかたむけようとせず、航海士と水夫長を失ったせいもあって、もはや説得以上の強硬手段に出られず――〟

そこでジョージは読むのを止め、その話の続きを探すかのように、包装紙をがさがさいわせた。彼はほどなく不満の叫びを上げ、落胆の表情を浮かべた。

しかし、水夫長は残った紙を読み続けるよう促した。というのも、彼が気づいたとおり、この続きがどこかで見つかる保証はなかったし、記述によるとこの船の近くの土手にあるらしい泉については、ぜひ知っておきたかったからだ。

指示を受けたジョージは、一番上の紙を手に取った。というのも、わたしに聞こえた水夫長への説明によると、ページはすべててんでんばらばらで、ほとんどつながりがないからだ。しかし、われわれはつじつまの合わないこんな断片からでも、ぜひとも情報をつかみたかった。すぐ、ジョージは二枚目の包装紙を次のように読み上げた――。

〝さて、突然、主船室が変だぞという、船長の叫びがわたしに聞こえました。それに続いて、ドアに鍵を掛けろ、と恋人から言われました。どんなことがあっても開けるなと。そして船長室のドアがバタンと閉められ、静かになりました。その静寂を破って音がしたのです。それは、主船室を怪物が漁る音をわたしが耳にした最初でした。でも、あとで恋人が教えてくれたところでは、以前にもあったけれども、わたしに無用な恐い思いをさせまいとして、なにも話してくれなかったのでした。とはいえ、なぜ恋人が特別室のドアのかんぬきを夜間抜くな、と厳命したのかいまではわかります。思えば一日か二日前の、夢を破ったガラスの割れる音は、この筆舌に尽くしがたい怪物の仕業だったのかもしれません。なぜかというに、その翌朝、天窓のガラスは粉々になっていたからです。そんなふうに頭脳はとりとめない空想にとりつかれる一方で、わたしの心は死ぬほど怯えていたのです。

習慣がつちかった体質により、恐ろしい咆哮があってもわたしは不眠にはおちいりませんでした。なんといってもその声音《こわね》は夜の精霊のつぶやきだと受け止めていましたし、陰気な連想を奔放に羽ばたかせて無用な臆病神にとりつかれたりしないように心がけておりました。それに恋人は身の安全を請け合ってくれましたし、帰郷を約束してくれていました。そして、いまドアの外で怪物が漁り廻る忌まわしい音がして――〟

ジョージが急に口をつぐんだ。水夫長が立ち上がり、その大きな手を彼の肩に置いたからだ。若者は口を開きかけたが、水夫長が合図して黙らせた。物語の記述に影響されたわれわれは、いつしか外の音に神経をとがらせていた。すると、朗読内容への興味と船外の咆哮にまぎれて聞き逃していた音が聞こえた。

つかのま、われわれはしわぶきひとつせず、沈黙を守ったので、ここの外、主船室のなかでなにかが蠢《うごめ》くのがわかった。ほどなくしてドアの外側になにかが触れた――前に述べたとおり、木造部を大きなモップでこするような音だった。このため、怪物がすぐ近くに来たという突然の恐怖にかられ、ドアに一番近い者たちがたまらずあとじさった。しかし、水夫長は片手を上げて制し、無用な音を立てるなと小声で命じた。しかし、足音を聞かれてしまったかのように、ドアは激しく震え、いまにも蝶番ごと外されると誰しも思って身構えた。しかし、ドアは持ちこたえたので、われわれは寝台板を急いで当てがってから、二竿の大きな私物品箱で押さえ、さらに三竿目の大箱で補強すると、ドアは完全に見えなくなった。

ところで、書き留めたかどうか覚えがないのだが、この船に乗り込んだばかりのとき、左舷船尾の窓がどういうわけか砕けているのを見つけた。だから水夫長は暴風雨除けのチーク材の蓋で閉ざし、頑丈な当て木をくさびに渡してしっかり固定させた。万一なにか剣呑なものがこの穴から侵入してはいけないからと、最初の晩に修繕させてあった。これから見るものを考えれば、きわめて賢明な処置であった。そのとき、左舷の窓のところになにかがいると、ジョージが叫んだ。襲いかかろうとする剣呑な生き物の執念に気圧されたわれわれは、あとじさった。しかし、きわめて勇敢なうえに沈着な水夫長は、閉じた窓に歩んで当て木がしっかり留まっているのを確認した。というのも、彼には留まってさえいれば鯨以上の生物でもないかぎり破られることはないという確信があったからだし、破るほどの巨体なら、われわれを襲撃しようにも大きすぎて入ってこられないはずだからだ。

彼が当て木を点検しているあいだにも、何人かが恐怖の悲鳴をあげた。破れていないガラス窓に、赤みがかった肉塊がべったりと盛り上がって吸い付いたからだ。するとそのテーブルの一番近くにいたジョッシュがロウソクを素早くつかみ、怪物に近づけた。そこでわたしが見たのは、生の牛肉――でありながら、生きている肉塊――からなる幾重もの肉襞《ひだ》だった。

それを目撃すると、われわれはあまりの恐怖にわれを忘れ、たとえ武器を持っていたとしても、身を守る手だてさえ講じられないありさまだった。その瞬間のわれわれは、さながら愚かに食肉にされるのを待つ羊同然で、その窓枠がきしんで裂ける音を聞き、ガラス全面にひびが入るのを見ていた。いまにも窓が割れ、船長室は無防備となるところだったが、水夫長はわれわれをでくの坊めと激しくののしって、蓋をひっつかんでポンと窓にはめた。おまけにさらに手助けが加わって、当て木とくさびの固定が適所にたちまちなされた。すると、この手当は間一髪であったのがすぐに判明した。というのも、木が引き裂かれ、ガラスが砕ける音に続いて、もの悲しげな遠吠えが闇に響いたからだ。夜気に満ちる絶え間ない咆哮を圧して、ひと声大きく聞こえた。そのうちに遠吠えは尾を引いて消え、つかのま訪れた沈黙のもと、チーク材の蓋を不満そうに手探りする音がしていた。しかし、蓋で充分に補強されていたので、差し迫った恐怖は感じずにすんだ。

4　二つの顔

当夜のその後の記憶は混乱している。ときおり大型の水夫用私物品箱《シーマンズチェスト》で隠されたドアががたついたが、被害をこうむることはなかった。そしてたまさか頭上の甲板で弱いどさっという音やこする音がした。思えば怪物が窓のチーク材の蓋に最後の挑戦をしたのだろう。しかし、ついに夜明けが訪れ、眠りについた。実際、正午過ぎまで眠ったが、水夫長《ボースン》は差し迫る問題を考慮して全員を起こした。そしてわれわれは私物品箱を取り除いた。しかし、一分ほど、誰一人としてあえて大胆にドアを開ける者はなく、しまいに水夫長はわれわれに片側へ寄るよう命じた。対面したわれわれに、彼が右手に大ぶりの短剣《カトラス》を持つのが見えた。

彼はあと四振りの短剣が残っていると言い、左手で後方の開いたロッカーを指さした。お察しのとおり、われわれは指示されたところに急ぎ、道具類のなかから四振りを見つけた。三振りは彼のものと同じカトラスだったが、四つめは細身の直刀《レピアー》であり、幸運にもわたしはこれを手にした。

武装したわれわれは水夫長のもとにはせ参じた。そこで彼はドアを開け、主船室を探った。立派な武器を手にすると実に元気が出るのに気がついた。ほんの少し前まで命の心配をしていたわたしに、血気と戦意がみなぎった。戦いになろうが悔いはない。

主船室から甲板へと水夫長は先に立ち、わたしは昨夜閉めた昇降口の蓋がそのままだったのを見つけていささか驚いた。しかしながら、考えてみれば天窓は破られていたから、それが主船室への侵入路となっていたのだ。しかし、便利な昇降口を無視して、どうして破れた天窓から降りたのか、疑問に思った。

われわれは甲板と船首楼《フォクスル》を捜索したがなにも見つからず、その後水夫長は二名を見張りに立たせ、残りの者は食事の準備などにかからせた。まもなく朝食になり、食後われわれは拾い読みした物語の真偽をかけ、実際に木立のなかに真水の泉があるかどうかを確かめるための準備に入った。

船底が座礁したぶ厚い泥の斜面が、船と木立のあいだには立ちはだかっていた。この土手をよじ登るには、泥が深すぎて不可能に近い。実際這うしかなさそうだった。しかし、船首楼の甲板に結びつけた梯子を見つけたと、ジョッシュは水夫長に大声で叫んだ。梯子ばかりか幾つかのハッチの蓋も運んできてあった。最初の蓋は泥の上に据えられ、梯子がその上に乗っていた。そのためわれわれは泥を踏まなくても土手の頂上に登ることが可能だった。

かくしてわれわれはたちまち木立に入った。というのも、木々は土手の背に生えていたが、密集することなく、どちらかというとたがいに若干の距離を置いて生えていたので、われわれが前進するのにはなんの問題もなかったからだ。

木立をすこし進んだとき、一人がなにか右方向に見えると怒鳴った。われわれはみな武器を握り締め、まなじりを決してそちらに向かった。しかし、それは私物品箱であった。少々先にも、もう一竿あった。そうしてさらに少し歩くと野営地が見つかった。しかし、野営地というのははばかられる。帆布で張られたテントはぼろぼろに引き裂かれて汚れ、泥まみれで地面にひしゃげている。しかし、泉の水はまさに望みどおりの澄んだ真水であり、われわれを救出への夢想にふけらせてくれそうだった。

泉が発見できたのだから、船内の人々に勇んで声を掛けただろうと思われるかもしれないが、事実はそうではなかった。この場所には妖気があって、われわれの気分は重く沈み、一刻も早く船にもどりたいと思わせたからだ。

二檣帆装船《ブリッグ》にもどると、水夫長は四名の水夫を各ボートに降ろし、小型の水樽をそれぞれ陸に揚げさせた。また、船にあるバケツすべてをかき集め、総動員して至急作業にかからせた。武器を持つ者は木立に入り、土手に配置された者に水を渡し、それが次々送られて船内に届けられた。水夫長は、調理室の係に貯蔵樽から出した豚肉と牛肉の極上部位を煮沸器に入れさせ、できるだけ急いで調理するよう命じた。そして、われわれはがんばった。というのも、水が手に入ったからには、怪物のとりつくこんな船から早々に脱出し、安堵の思いでたどり着いたこの土地から、外洋へ引き返せると思い、各ボートに食糧を積み込む手も軽やかに動いたからだ。

そういうわけで、午前中の残った時間も働きづめて、そのまま午後に入った。なにせ、われわれは夜の訪れをとても怖れていたからだ。四時前、水夫長はあらかじめ料理係に準備させておいた塩漬け肉をのせた堅パンを配らせ、われわれは泉の水で喉を潤しつつ、作業のかたわら食べた。そして、日没前、小型の水樽を満杯にしたうえ、ボートに積みやすいあらゆる容器にも溜めた。そのうえ、一部の者はこの機会をすかさず捉えて、身体を洗った。なぜなら、われわれは喉の渇きをしのぐため、可能なかぎり海に入ったので、塩水で身体がひりひりしていたからだ。

さて、もう少し条件に恵まれていれば、水運びもこれほどの時間がかからずにすんだはずだ。しかし、足もとの地面は軟弱で、足さばきは一歩ごとに慎重さを要し、遠からぬとはいえ、二檣帆装船《ブリッグ》まで距離があって、作業を終えるのがもくろみより遅れてしまった。それゆえ、水夫長が、船にもどれ、器材を持ち帰れと伝えてきてからは、大わらわだった。かくして、わたしは泉の脇に直刀を忘れてきたのに気づいた。水樽を運んだ際、両手を使うために置いたのだ。忘れたと口にしたとたん、近くにいたジョージは、取ってくると叫んでそのまま行ってしまった。泉を見たくてたまらなかったのだ。

そのとき水夫長がやってきて、ジョージを呼んだ。彼はわたしの直刀を取りに泉に走ったと伝えた。すると水夫長は地団駄を踏んでののしった。若者の冒険心を見抜いていたから、一日中近くにおき、木立にひそんでいるかもしれない危険から遠ざけようとしたのだと言う。そのくらいの配慮はすべきだったと、わたしは自分のひどい愚かさを恥じ、土手の上に消えた水夫長を急いで追いかけた。木立に入る彼の後ろ姿を認め、追いつくまで走った。すると急に、わけもなく木立のあいだから寒々しい湿気が漂い出すのを感じた。この場所は、少し前には陽射しの暖かみに満ちていたのに。わたしは速やかに近づいている日没のせいにしたが、同時にここにはわれわれ二人しかいないということを、忘れるわけにはいかなかった。

　われわれは泉に着いたがジョージはおらず、直刀も見当たらなかった。そこで、水夫長は声を張り上げて、若者の名を呼んだ。一度、二度と。すると二度目の呼びかけに応じ、かん高い声で〝おーい〟と言う若者の返事が聞こえた。いささか先の木立のあいだからだった。われわれは声のしたほうに走り、いたるところ厚い浮きかすに覆われた地面に足をとられつつ駆け抜けた。走りながら大声で呼びかけ、ついに若者に出くわした。わたしの直刀も彼が持っていた。

　水夫長は走り寄り、怒りながら彼の腕をつかみ、すぐ一緒に船にもどるよう命じた。

　しかし、若者は返事の代わりにわたしの直刀で指し示した。彼の示した先を見ると、木の幹にへばりついた一羽の鳥のようなものがあった。少し近づいてみると、それは木の幹であり、鳥ではないのに気づいた。しかし、驚くほど鳥そっくりであった。あまりにも似ているので、自分の目の錯覚でないのを確かめようとさらに近寄った。しかし、いくら異常なほど生き写しだとはいえ、造化の戯れにすぎないと思われる。幹の上に生じた異常突起にすぎない。好奇心から急に思いついたわたしは、それが木から外せるかどうか見るため手を伸ばした。しかし、届かない高さだったので、引っ込めざるを得なかった。だが、ひとつわかったことがあった。突起物へ伸ばした片手を、幹の上に置いたとき、木の幹はきわめて柔らかな果肉、ちょうどキノコのようにその指を受け入れたのだ。

　もどろうとした際、水夫長はジョージに、泉の先まで足を伸ばしたわけをたずねた。するとジョージは、木立のなかから誰かが呼びかけた、それもひどく苦しげな声だったので駆けつけたが、誰も見当たらなかったと答えた。その直後、彼は近くの幹にこの鳥形の異常突起物を見つけ、そのとき、われわれの声がして、あとは知ってのとおりだとのことであった。

もどる途中、泉の近くを通ると、突然、哀れっぽい低い泣き声が木立のあいだを流れてきたようだった。わたしは空に目をやり、日が没するのに気づいた。これを伝えようとしたとき、水夫長は唐突に立ち止まり、かがみこんで右側の暗がりをまじまじと窺《うかが》った。そのため、わたしとジョージも水夫長につられて視線を向けた。関心の的はおよそ二十ヤード先の木であった。枝のすべてがムチ打った革のように幹に巻きついている。実に妙な状態なので、原因を突き止めようとわれわれは近づいた。

しかし、間近に来てみると、なおさら不可解だった。そして、各人が太い幹の周囲を一回りすると、その驚きは倍加した。

そのとき、突如として遠くから昨夜と同じすすり泣くような声が聞こえた。そして、出し抜けに、われわれに向かって、この木が泣いたように思われた。わたしはすっかり仰天して怯え、あとじさったものの、視線は木からそらすことができなかった。それどころか、いっそう注意深く観察したところ、巻きついた枝のあいだから、褐色の顔がこちらを見つめているのに突如気づいた。わたしは恐怖に凍りつき、なすすべなく立ちつくした。やがてわたしはすべてを幹の樹皮とみなして、自分をとりもどした。どこまでが顔か、境目の区別はつかなかったからだ。

わたしは水夫長の腕をつかんで指さした。樹皮であろうとなかろうと、悪魔の所業であるからだ。しかし、それを見た水夫長は手が触れられるほど幹の間近まで走り、気づけばわたしも行を共にしていた。すると、水夫長をはさんだ反対側にいたジョージが、女性とおぼしいべつの人面があると小声で口走った。確かにそれらしきものが見て取れた。人間の女性の顔になんとも似た、第二の異常突起物があった。するとその異常さに水夫長は激しい悪罵を投げつけたが、わたしがつかんでいた腕にいささか震えが走ったところをみると、心底から戦慄したようだった。すると、遠方からまたすすり泣きが聞こえたが、われわれの周囲の立木からも呼応して泣き声が発せられ、大きな溜息がひとつ起きた。これらの事態を考慮する暇もなく、木はわれわれに向かってふたたび泣いた。これを受けて、水夫長は突然、わかったぞと叫んだ。もっとも、このときのわたしは、彼がなにをわかったのか、なにもわからなかった。そして、間髪を置かず、呪いの雄叫びとともに、彼は目前の木にカトラスで斬りかかった。すると、見よ！　彼の一撃にともなって、恐ろしいことが生じたのである。生身の動物のような鮮血が、木から流れ出たのだ。続いて、悲痛きわまりない尾を引く大音声で、木は身もだえをはじめた。しかも、気づいてみると、周囲の木々のすべてがゆさゆさ揺れたのだ。

　すると、ジョージが悲鳴を上げ、水夫長のこちら側に逃げた。大型キャベツのようなもののひとつが、よこしまなヘビさながら、その葉柄で彼を狙ったのだ。暗赤色に変色していたのでとても気味が悪かったが、すでに若者から取り返してあった直刀で斬りつけると、地面に落下した。

　二檣帆装船《ブリグ》から、おーいと呼びかける声が聞こえたが、木立に動物的な活気がみなぎり、おびただしい咆哮があたりに響き、忌まわしい大音声が鳴り渡った。即座にわたしはまた水夫長の腕を引き、逃げるしかないぞと叫んだ。われわれはそうしたが、つのりゆく闇のなかから襲いかかってくる相手を、剣で斬り捨てながら走った。

かくのごとくして二檣帆装船《ブリグ》にたどり着くと、ボートは出発の用意ができていて、わたしは水夫長のあとから、彼のボートに転がり込み、ただちに船をクリークに出した。船足を速めようと、みなが力のかぎり漕いだ。去り際にわたしが二檣帆装船を振り返ると、土手に多数、船上のあちらこちらに蠢《うごめ》くかすかな影が見えたようだった。まもなくわれわれは入ってきたクリークの本流にもどり、ときを待たずして夜が訪れた。

一晩中われわれは漕ぎ続け、本流の中央から決して外れないようにした。われわれの周囲では、これまでにもまして恐ろしい、大きな咆哮がどの方向からもとどろいていた。この恐怖の土地の全土に、われわれの存在を知らしめてしまったのだろう。しかし、朝が来ると、恐怖心の後押しと、河の流れに助けられて、船足はきわめて順調にはかどり、海の間近までたどり着いていた。その場で、われわれは釈放された囚人並みの、喜びの声を上げた。

そして、神に多大な感謝を捧げ、外洋へと漕ぎだした。

5　大嵐

さて、先に述べたようにわれわれはついに海洋へ逃れ、さしあたりの平穏を得た。しかしながら、〈孤絶の地〉でしたたか味わった恐怖のすべてをくつがえされるのもまもなくだった。さらに、あの地に関していまひとつ記憶していることがある。書きつけのある包装紙をジョージが見つけた一件は覚えているだろう。大慌ての出発だったので、持ち出すなど思いもよらなかったが、ほんの一部分が彼のジャケットの脇ポケットからたまたま見つかった。その記述は次のようなものであった――。

〝でも、夜になると恋人の泣き声がわたしには聞こえます。だから、捜しに行きます。これ以上、寂しさには耐えられません。神さまのお慈悲を賜りますように！〟

これがすべてであった。

一昼夜、われわれはあの土地から北方へ向かった。ボートの小型縦帆《ラグスル》は安定した軟風をはらみ、船足は順調であった。南方からのゆったりしたうねりはあったが、海は穏やかであった。

脱出から二日目の朝、われわれは〈沈黙の海〉での冒険――わたしはできるだけつまびらかにするつもりだ――のとばくちにあった。

その夜は静かで、夜明け近くまで確かな軟風を受けたが、その後、風はばったり止み、陽が昇ればたぶん風が吹くだろうと待ち構えた。確かに凪《なぎ》は終わったが、われわれの待つ風とはちがった。朝が来てみると、東方の空一面、燃えるような赤にすっかり染まっていた。現在は南にかけて広がり、天空の四半分が血の色をした炎の巨大なアーク放電のようだった。

この不吉な光景に際し、水夫長《ボースン》は両ボートに嵐に備えるよう命令した。うねりの来ている南方の空を見れば、荒天を覚悟するほかなかった。そのため、われわれはボートの厚くて重い帆布をたぐり出した。一巻き半の帆布をクリークの廃船から回収しておいたのだ。船べりの下側に打たれている真鍮の鋲にきつく結びつければ、ボート全体を覆うことができる。やがて、われわれはボートの漕ぎ座の上部を覆って張り、鯨の背のようにふくれた亀甲甲板を各ボートにこしらえた。さらにその補強として、漕ぎ座の受け木に同じようにきつく結びつけた。次に、二挺身分の丈夫な帆布を広げ、亀甲甲板の上、ボートの長さ一杯にかぶせ、船外に一部はみ出させて、同様に釘で打ちつけた。山なりに左右の船べりの外に垂らすことで、船に屋根を張ったのである。かくして、ある者は帆布を広げてその縁を船べりに打ちつけ、ほかの者はオールとマストをきつく束ねる作業をこなした。さらにこの束を、これも帆布と同じく廃船から持ってきた新品の、太さ三インチ半のかなり長い麻縄と結びつけた。麻縄は船首にまで引っ張って係索リングに通し、そこから前部の漕ぎ座へ渡され、ここでしっかり固定された。そして摩擦にも気を配り、細く切った帆布を麻縄にかぶせて巻きつけた。両ボートに同じことがなされた。というのも、われわれはもやい綱では信頼しかねたし、しかも船の安全を確保し、楽に乗り切らせるほどの長さもなかったからだ。

さて、このときまでには、船べりに帆布を釘で打ちつけて、ボート全体を囲み、そのあとさらにボートカバーを広げてかぶせ、船べり下側の真鍮の鋲にヒモで留めた。そのようにしてボート全体を覆ったが、船首は板で覆われていたので、船尾の舵取りオールを操作する人間の分だけよけてあった。そして、どちらのボートも同じ備えをして、動くものはすべてきつく結びつけ、恐怖心をあおりたてる大嵐を乗り切る覚悟を固めた。というのも、尋常でない空模様から明らかなように、そよ風などというなまやさしいものではないだろうし、おまけに南からのうねりは刻一刻と大きくなっていた。いまのところまだ敵意をむきだしにしてはいないものの、ゆっくりと、油じみた黒い雲が真っ赤な空に広がりつつあった。

オールとマストの束を海錨の代用に投じて、準備を済ませたわれわれは横になって待機した。このときになって水夫長は、今後の事態についてジョッシュを呼んで助言をあたえた。それが済むと、二艘のボートはスカルで漕いで距離をとった。嵐の猛威に翻弄されて、たがいに衝突する危険を避けるためだ。

そして待機のときがきた。ジョッシュと水夫長は、自分のボートの舵取りオールの持ち場につき、それ以外の者は覆いの下に隠れた。水夫長の近くでしゃがみこんだわたしからは、左舷洋上のジョッシュが見えた。泡立ちのないうねりの頂上にボートがせり上がると、彼の立ち姿は真っ赤な大空を背にして、夜の影のように黒々と見えた。そして、うねりの底に沈むと、視界から消える。

　昼が来て過ぎた。われわれは交替で、食欲が許すかぎりの充分な食事を済ませた。次の食事がいつ摂れるか、まったくわからなかったからだ。実際、またそんな心配ができるかどうかもわからないのだ。やがて、午後も中途になって、嵐の最初の風音が聞こえた。はるか遠くから高く低く、ひどく荘重なうなりが届いた。

　現在、南方の水平線から、角度でおよそ七から十度分まで巨大な黒雲の壁が湧きだす一方、炎の見えない大火の反射光が天高く広がったかのような真っ赤な光線が、黒雲の上から射しこんでいた。このときになって、わたしは巨大な満月のような太陽に気がついた。青白く、輪郭こそ明確だが、暖かさも輝きもない。このありさまは、ご想像のとおりきわめて異様に思えたし、なおさら不思議だったのは、南方から東方の空にかけてが赤く染まっていたことだった。

　そしてこの間、あだ波こそ立たなかったが、うねりはけた外れに大きくなり、念入りな備えをしておいてよかったと思われた。というのも、これはとびきりの大嵐が生み出したものにちがいないからだ。夜に入る直前、ふたたび風がうなり、やがて短い静けさが訪れたが、そのあとまるで唐突に野獣の咆哮のようにとどろいて、また静まった。

　この頃には、水夫長が反対しなくなったので、わたしは立ち上がって覆いから頭を出した。これまでは、ときたま外を盗み見するだけだった。だから、筋肉がひどく強張ってしまった。わたしは好機とばかり手足を伸ばした。滞った血流を回復させ、ふたたび坐った。そんな折に、わたしは無理なく水平線全体を見ることができた。前方、つまり南方には巨大な雲の壁がさらに角度を増して高まり、赤みは若干薄らいだ。とはいえ、実際、その左手は充分に恐ろしかった。なにしろ、黒雲の頂上が赤く泡立って見え、まるで巨大な波濤がすべてを呑みこもうとしているようだったからだ。

西方では、太陽が赤みがかった妙な霞に隠れて沈みつつあり、まるで赤茶けた円盤のようであった。北方では、上空高く、まだらな雲が湧いて動かず、実にきれいなバラ色に染まっていた。そして、北方に続く海は赤茶けた炎の海原に見えた。しかし、お祭しのように、うねりは南からから来ており、逆光のためにおびただしく寄せる、異常に巨大な暗黒の丘さながらであった。

こうした観察をおこなった直後、嵐の遠い咆哮がまた聞こえ、そのとどろきの常軌を逸した恐ろしさはなんと伝えたらよいかわからない。南方はるかの高みから、けた外れの野獣が咆哮しているかのようだった。そしてあまりに明白なのは、この孤独きわまりない大海原で、われわれはたった二艘のボートにすぎないということである。やがて、咆哮が続くなか、わたしは突然、南の水平線上で光がまばゆく輝くのを見た。雷のようだが、雷光の常とするようには一瞬で消えなかった。しかも、空から落ちるのが普通であるのに、海から発生したように見えた。だが、それが雷の一種でないとは言い切れない。というのは、その後何度も出現したので、わたしは詳細に観察する機会があったからだ。そして、見守っていると、繰り返し、暴雷はきわめつきの恐ろしい方法で、われわれにわめき散らしたのである。

やがて陽が水平線上にかかると、身を切られるように痛ましい、ひときわかん高い風音がして、すぐ続いて水夫長がしわがれ声でなにか叫んだのが聞こえた。そして、舵取りオールと激しく格闘しはじめた。彼は船のやや左前方をじっと見すえていた。そちらでは海面全体がふくらんで、ちりあくたの泡なす巨大な煙雲となって逆巻いている。嵐のただなかに入ったのだ。その直後、冷たい突風に襲われたが、われわれに被害はなかった。というのもこのときにはすでに水夫長がボートの舳先をまっすぐ風上に向けていたからだ。疾風は通過し、静けさが一瞬訪れた。そして、いまやわれわれの頭上で風がごうごう鳴り続け、その轟音と威力でわたしの耳は破れんばかりだった。風上に向かって、巨大な波しぶきがのしかかってくるのがわかった。風のとどろきと共に、またかん高くて鋭い音が聞こえた。

するると、水夫長は舵取りオールをさっと抜いて覆いの下に収め、前方に手を伸ばして帆布を船尾へ引っ張り、ボートすべてを覆った。そして右舷の船べりまで垂らし、同じく左舷も垂らせとわたしの耳もとで叫んだ。水夫長のこの賢明な処置がなかったら、われわれはみな死んでいた。次のようにわたしが説明すれば、これは納得いくだろう。丈夫な帆布の上に海水が何トンも何トンも落下してきたのを、われわれは感じたのだ。もっとも、海水の塊としてではなく、泡と砕けてくれたので、船を沈めたり、木っ端みじんにすることはなかった。わたしは感じたと述べたが、なるべく正確を期したいからだ。風雨のとどろきと鋭い高音は最高潮に達し、これを最後としてなんの音も届かず、そう！　すさまじい雷鳴のとどろきを除いて。そして、優に一分ほどだろうか、ボートはぶるぶる震動し、ひどく手荒な衝撃を受け、ばらばらに分解しそうになった。そして、船べりと帆布覆いのあいだ、十ヵ所以上から、海水がどっと浸入した。そしてここで、もうひとつ述べておきたい。この一分のあいだボートは巨大なうねりに上下するのをやめていて、第一陣の疾風によって、海面が吹きならされたのか、あるいは嵐の猛威が度を超して海を安定させたのか、わたしは答えられない。ただ、見聞を伝えることしかできないのだ。

まもなく暴風の第一陣が過ぎ、今度はボートが左右に揺れはじめた。まるで風向きがいまはこちらの真横、次は逆から吹きつけるかのようだった。そして、幾度かに渡ってしたたかに海水の直撃を受けた。しかし、現在はそれも止み、いまふたたびうねりにもまれる上下動にもどった。そのときになってはじめて、波頭に上がるたび、ボートは冷酷に突き落とされた。そんなふうにひとときが過ぎた。

真夜中に近づくと、わたしの判断では、壮絶な光の稲妻が発生した。強烈な輝きで、二重に張った帆布をとおして、ボートのなかまで明かるくなった。しかし、誰一人として、雷鳴を聞いていない。嵐のとどろきがほかのすべての音を消してしまったのだ。

そうして、夜が明けた。神の思し召しでわれわれはなお生き延びていた。交替で食事を摂って水を飲み、そのあとわれわれは眠った。

昨夜の緊張で精根尽き果てて、嵐のさなか長時間わたしはうとうとして過ごし、正午過ぎ、夕刻にはまだ間のある頃に目を覚ました。横になったまま見上げると、帆布はくすんだ鉛色を帯びていて、ときどき海水と波しぶきを受けるたび、すっかり黒くなる。そうして、わたしはふたたび食事を摂り、すべては神の思し召ししだいと覚悟すると、いま一度眠ってしまった。

その夜、荒波を真横から受けたボートが吹っ飛ばされて、わたしは二度起こされた。しかし、船はたやすく水平をとりもどし、帆布の屋根は優れた有効性を示してくれて、ほとんど浸水もなかった。そうして、また朝が来た。

休憩しているいま、わたしは横になった水夫長のもとへ這っていった。嵐のどよめきが小やみになるのを狙って、暴風がときどき弱まるのに気づいているかと、わたしは彼の耳もとに大声で言った。すると彼はうなずいた。するとそのときなんとも喜ばしい希望の念がぱっと全身にみなぎるのを感じた。そして、味を楽しみつつ、腹一杯食事を摂った。

午後になると、突然太陽が現われた。濡れた帆布越しにボートのなかを陰気に照らした。そんな光でも大歓迎だった。嵐が終わるという希望を育んでくれる。すぐに太陽は消えたが、また、いま顔を出し、水夫長がわたしに手伝うよう合図を送り、われわれは帆布の後半部を留めるために用いた一時しのぎの釘を抜き、全員の顔が揃って外気に触れられる分だけ覆いを払いのけた。外を見ると、波しぶきが一面立っていて、ちりのように細かく打ちつけてくる。顔は激しくしぶきに打たれ、息もつけず、わたしはなにを見る間もなく、しばし帆布のなかに潜り込むほかなかった。

回復すると、わたしはまた顔を突き出した。恐怖の光景が周囲に広がっていた。大波は次々と襲いかかり、ボートはもろにぶつかって急上昇し、そのまさに頂点に上がり、ほんのつかのまとどまると、ボートの両側に何フィートも高々と沸き立つ泡のただなかに浸されたような気になる。すぐに大波はボートの下を通過し、われわれは泡立つ巨大な黒い浪裏をめくるめく勢いで急降下するが、やがて次の大波がやってきてまた力強くせり上げる。ときには、大波の波頭は頂点の寸前で前方に砕け、ボートはまぎれもない羽根のように空中に投げ出されるが、海水は頭上で逆巻き、われわれはとっさに首を引っ込めるはめになる。こういう場合、われわれの手でもどした覆いを、風はたちまちめくり上げてしまう。そして、ボートが波に翻弄されるのとはべつに、あたりの空間には戦慄が満ちていた。嵐は咆哮し、うなりを上げ続ける。海水のつくる山並みの泡立つ頂点がボートを翻弄して通過するたび、波しぶきは悲鳴を上げる。そして、暴風は、か弱い人間の喉に息もつかせない。まさに事態は混迷のきわみであった。

　これから朝までなにが起きたか、わたしはほとんど知らない。というのも大部分眠っていたし、それ以外でも覆いのなかに閉じこもっていたからだ。わかっているのは、果てしなく続くボートの轟々たる急降下、それに次ぐ休止、そして急上昇、さらにときおりの強い横揺ればかりである。大波の果てしない力のなせる業について、わたしは推測するしかない。

　ここで一言述べておきたい。わたしはこの間のもう一艘のボートがおちいった危機についてはほとんど知らない。実際、自分のことで大わらわであって、思いを致す余裕もなかった。とはいえ、判明したとおりの次第を、ここで語っておくのがもっともふさわしいだろう。ジョッシュたちが乗り組んだボートは、無事この嵐を切り抜けた。もっとも、何年もあとのことではあるが、わたしはジョッシュから直接話を聞くという幸運に恵まれた。彼らは嵐のあと、復航船に拾われ、ロンドン港に上陸していたのである。

　したがって、これからは、われわれのみの体験となる。

6 海藻のひしめく海

昼少し前、海は格段に鎮まってきた。それでも、風のとどろきはほとんど衰えてはいない。そして現在、強風を除いて、ボートの状況は明らかに以前より穏やかになった。帆布に大波がかかることはなく、水夫長《ボースン》はまたわたしに合図して、後半部の覆いを上げる作業を手伝わせた。それが済むと、われわれは海の予期せぬ鎮まり具合のわけを知ろうと、首を伸ばした。知らず知らずのうちに、未知の陸地の風下側に突然入ってしまったのかもしれない。しかし、しばらくのあいだ、周囲の波のうねりの先には、なにも見えなかった。これまでにくらべれば心配するほどではないにしても、海はなおひどく荒れていた。

現在、水夫長は伸び上がってなにかに目を留め、わたしの耳もとにかがみこんで、波の勢いを削いでくれる低い堤があると叫んだ。しかし、どうしてボートが座礁せずに通ってこられたのか、彼には大きな疑問だった。彼が考えこんでいるさなか、わたしは立ち上がり、あたりを見まわした。すると左舷にべつの大きな堤があるのを見つけ、指さして彼に教えた。その直後、われわれは海藻の大きなかたまりがひとつ、水面に漂うのに出くわした。しかも、次々と。われわれは漂流を続け、波浪は驚くほど迅速に収まった。そのため、少しして船の中央部の漕ぎ座まで覆いをめくった。ずいぶん長いこと帆布で覆われていたので、一同は新鮮な外気にひどく飢えていた。

食事のあと、船が漂ってきた船尾方向に、べつの低い堤を見つけた者がいた。それを受けて、水夫長は立ち上がり、どうやったら無事に回避できるか、懸命に考えながら観察した。とはいえ、やがてわれわれは至近を航行し、それが海藻のかたまりであるのを発見した。かまわずボートを乗り上げ、これまで目撃した堤も明らかに同様のものであるのを確認した。

しばし、われわれは海藻のあいだをぬって航海した。船速はだいぶ落ちたが、それなりにはかどり、ついにその堤の反対側に出た。波はすでに鎮まったので、海錨の代替物――大量の海藻が巻きついていた――を船上に揚げ、亀甲甲板と帆布の覆いを外し、マストを檣座《しょうざ》に立て、小さな前檣縦帆《ストームフォアセイル》を張った。というのも、操船の安定性を失いたくなかったので、風の威力を考えればこれ以上の帆は無理であった。

かくして、われわれは風にまかせて航海した。水夫長が舵を取り、行く手の堤をすべて回避して進むうち、海はますます穏やかになった。やがて、日没近くなって、前方をすっかりふさぐほどの広大な海藻に出くわした。そこで、前檣縦帆を下ろし、オールを手にして漕ぎはじめ、へりをなぞるように西に向かった。しかし、風は強く、ボートは急速にそちらに流される。やがて、日没直前、われわれはついに端までたどり着いたので、オールを揚げ、幸いにも小さな前檣縦帆を張り、ふたたび風に乗って帆走した。

そしていま、夜が訪れた。水夫長は交替制で見張りを立てた。ボートは数ノットで帆走しているし、われわれは不可思議な海域にいるからだ。しかし、当人は徹夜で舵取りオールを握り続けた。わたしの番のとき、妙なかたまり――間違いなく海藻だろうが――の漂う脇を何度か通過したし、一度はもろに乗り上げたが、たいした問題もなく進んだ。その間ずっと、右舷側の暗闇に巨大な海藻の陸が、水面上低く浮かび、その輪郭がいつ果てるとも知れずぼんやりと見えていた。そんなふうにわたしの見張り番は終わって眠りにつき、次に目覚めたときには朝になっていた。

朝になって眺めると、右舷側の海藻は果てしなかった。視界の届くかぎり広がっている。ボート周囲の海にも海藻はたくさんあった。やがて急に、乗組員の一人が、海藻のなかに船があると叫んだ。お察しのとおり、われわれはすっかり興奮してしまい、漕ぎ座の上に立ち上がって、もっとよく見ようとした。かくしてわたしは海藻の岸辺から夢中で船を見つめた。前檣《フォアマスト》は甲板に倒れかけ、中檣《トップマスト》は見当たらない。それなのに、不思議にも後檣《ミズン》は無傷で立っている。マスト以外の状況については距離があるので、ほとんどわからなかった。もっとも、われわれの左舷側から昇った太陽のおかげで船体が多少見えた。といっても、海藻に喫水深く埋まっているので、見える部分はかぎられていたが、風雪のために相当痛んでおり、一部茶色に照り輝くところがあるが、たぶん陽光の加減でキノコが濡れた光沢を放っているのだろう。

われわれはみな漕ぎ座の上に立って眺めながら意見を戦わせたので、ボートをひっくり返しかねなかった。水夫長は下りるよう命じた。このあとわれわれは朝食を摂り、食事中もさかんに議論を交わした。

さて、昼前に嵐の心配もなくなったので、われわれは後檣帆《ミズンスル》を張ることができた。そんなわけで現在、本体から伸びた海藻の長い堤を回避するため、西に向かって快走している。この回避中、われわれはボートをふたたび離れさせるため、大檣《メイン》の小型縦帆《ラグスル》を張ったので、順風を受けてきわめて快調に走った。しかし、当日の午後一杯、右舷の海藻と並行したにもかかわらず、その末端にはたどり着かなかった。そして三度、われわれは老朽化した廃船を見かけたが、そのなかには一時代もまえの相当旧式な船もあった。

さて、日没を迎える頃、風がだいぶ弱まって、ゆったりした船足となったので、海藻を観察する好機となった。まず、カニがたくさん見えた。とはいえ、ちらりと見えるそばから逃げてしまう。しかし、すべてが子ガニとはかぎらず、へりから少し内側の藻のあいだで蠢《うごめ》いているのもほどなく見つけた。その直後、わたしは藻の陰で大きなカニの顎が動くのを目にした。そこで、食糧の足しになればと思って、カニを指さし、水夫長につかまえてみたらどうだろうかと言った。しかもほとんど風もない折から、オールの二本ほども下ろして、ボートを逆戻しして海藻に近づけるよう彼は命じた。ボートが近づくと、彼は撚《よ》り縄に塩漬け肉をしっかり結びつけ、これを鉤竿《ボートフック》の先に結わえた。そして彼は遊びのあるもやい結び《ボーリン》をつくり鉤竿に沿ってたるませて輪を作ってから、釣り竿の要領で、わたしがカニを見たあたりに鉤竿を伸ばした。ほとんど同時に巨大なツメがさっと出現し、肉をはさんだ。するとは水夫長はわたしに、オールを使って、鉤竿についたもやい結びの輪をうまくずらし、ツメを狙うよう叫んだ。わたしは成功した。すぐに数人がかりで糸にとりつき、巨大なツメを縛り上げた。すると水夫長は大声で、カニを船に揚げろと言った。カニを逃す気遣いはない。しかし、次の瞬間、われわれはたじろいでしまった。というのも、縛った糸で引かれるのを感じたカニは、上にかぶさっていた海藻を四方八方に跳ね上げたので、その全身が現われた。そいつはあまりにも巨大なカニ、想像を絶する——まさに怪物だった。そのうえ、この罰当たりはわれわれを怖れておらず、逃げるそぶりもないのがはっきりわかる。というより、われわれに襲いかからんばかりだった。これを見て、水夫長は危険を察知し、糸を切断した。全力でオールを漕ぐよう命じ、われわれは危機を脱した。そして、こういうやからには二度と手出しをしないと、固く決心したのである。

現在、夜になっていて、弱い風が吹き続けており、周囲はどこまでも静寂そのものであった。ここ数日来悩まされた嵐の絶え間ないとどろきのあとでは、重々しく感じるほどだった。しかし、ときにはやや風が強まって海を吹き渡り、あおられた海藻がこすれて小さな湿った音を立てる。そういうわけで、わたしはふたたび静けさが訪れるまで、その調べをしばらく聞くことができた。

不思議にも、過去数日、あれほどの轟音のなかで眠れたわたしが、この上なく穏やかな状態で眠れずにいるのだ。だが、そんなものだ。だから現在、わたしは舵取りオールを受け持ち、ほかの者が眠りに着くように提案した。水夫長は同意してくれた。だが、条件として、海藻（なお少しの距離を保っていた）に近づかないよう細心の注意を払い、さらにどんなものであれ、予想外の事態が発生したら、自分を呼べというものであった。そう言ったとたんに彼は眠りにおちた。大方の者が同じだった。

水夫長が休息を得たそのときから真夜中まで、わたしは舵取りオールを脇にはさんだまま、船べりに坐っていた。そして、われわれが入りこんだ、不思議に満ちた海域で、目を光らせ、耳を澄ませた。実際、わたしは、海藻のひしめく海――潮が流れず、すっかりよどんでいる――についての噂話を聞いたことがあった。しかし、よもや自分がそんなところに迷い込むとは思いもよらなかったし、事実、そんな話は空想のたまもので、この世にあるわけがないと考えていたのである。

やがて夜明けの少し前、海はなお真っ暗だったが、海藻のあいだでけた外れに大きな水跳ねの音がして、わたしは肝を冷やした。たぶんボートから数百ヤードほどの距離だろう。そしてわたしが、次はなにが起きるかとすっかり緊張して立ちつくしていると、海藻の広大な荒野を越えて、長い哀切きわまりない叫びがひと声上がり、ふたたび静寂がもどった。しかし、わたしはじっと身じろぎもせず、聞き耳を立てていたが、それ以上の音は生じなかった。そして、ふたたび坐ろうとしたとき、不可思議なこの荒野の遠くで、突如炎が燃え上がった。

これ以上もない孤絶の海のただなかに炎が上がるのを見たわたしは、ただただ茫然と見つめるばかりであった。やがて、わたしは判断力をとりもどし、かがみこんで水夫長を起こした。これは彼の関心をひく事柄だと思われたからだ。しばらく見つめていた彼は、炎の先に船体の影が見えると断言した。しかし、すぐに彼は疑いにとりつかれたが、実際、わたしははじめから疑問だった。そして、見ているうちにまもなく炎は消えてしまった。われわれは何分も待ち、しっかり見ていたのだが、それ以上不思議な光は現われなかった。

それから夜明けまで、水夫長はわたしと一緒に起きていた。光の正体についてずいぶん語り合った。しかし、満足のゆく結論は得られなかった。こんな人跡未踏の地に、尋常な生き物が暮らすのは不可能だ。そして、夜明けが訪れると同時に、新たな不思議が姿を現わした。海藻の堤から四十ないし六十ヤード入った先に大型の船体があった。もっか風はなお弱く、ときおりの息継ぎ程度にすぎず、われわれは漂流に等しい船足で通過した。そんなわけで、夜明けの光はこの異船のようすを、われわれが通り過ぎるまではっきりと見せてくれた。こちらからはちょうど真横になっていて、三本のマストは甲板近くまで倒れかかっていた。船腹にはところどころさび色のしみが筋をつくり、それ以外のところは緑の海藻が覆っている。しかし、それはちらりと見た結果にすぎない。というのは、ほぼ全神経をほかのことに集中していたからだ。――革のような長大な脚が、船体にへばりついていた。そのうちの何本かは手摺を越えて船内へとくねっていた。そして、下側は海藻の近くまで伸び、その褐色の巨体はてかてか光って、見たこともないけた外れの怪物であった。水夫長は同時に気づいて押し殺したしわがれ声で、こいつはとてつもない大ダコだとささやいた。彼が言葉を終えないうちにも、二本の脚が夜明けの冷ややかな光を浴びてきらめき、まるで寝ていた怪物をわれわれが起こしてしまったかのようだった。そんなわけで、水夫長はオールをつかみ、わたしもそれに倣って、無用な音を立てては面倒だとばかりにできるだけこっそりとではあるが、大急ぎで漕いで、ボートを安全な距離まで遠ざけた。そこから、船も見えないくらい離れるまで、われわれは岩に付着したカサガイにも似て、古びた船体にへばりつく巨大生物を見守った。

すっかり明かるくなると、何人かが起き出し、まもなくわれわれは朝食を摂り、一夜の断食を破ってしまったが、徹夜で見張りを務めたわたしにとっては、歓迎できないものではなかった。

そして一日中、船の右舷側からの微風を受けて帆走した。そのあいだずっと船の右舷側に海藻の大荒野が続き、海藻の本体とはべつに、おびただしい数の浮藻の小島や堤があちこちにあった。それらはみな水面すれすれの高さで点々と浮かび、いつしかわれわれは避けるのをやめてボートを進めた。というのも、それらは密集度の高いかたまりではなかったので、船足への影響はわずかなものだったからだ。

やがて陽が傾こうかという頃、新たな難破船を海藻のなかに見つけた。へりの堤から半マイルくらい入ったところにあり、三本の下檣《ロワーマスト》は立っていて、下檣の大帆を取りつける帆桁は、正常にマストと直交している。しかし、なによりわれわれの目を奪ったのは、船の大きな上部構造物だった。手摺から上、大檣楼《だいしょうろう》の中途近くまで高々とそびえ、しかも、見たかぎりでは、帆桁から下がるロープで支えられている。だが、この上部構造物がどんな素材で作られているのか、わたしには見当がつかない。というのは、大きくなりすぎた緑色の物体——海藻から上の船体も同様の状態なのだが——で出来ていて、推測の域を越えているからだ。ここまで繁茂したからには、はるか以前の時代にこの世から失われた船にちがいないと思われた。そんなふうに考えると、陰鬱な想いがわたしに芽生えたのである。つまり、われわれは海の墓場に来てしまったのかと思われたのだ。

さて、この旧時代の船を通過してほどなく、夜が訪れた。船足は遅かったので、われわれは寝る準備に入り、水夫長はそれぞれ交替で舵取りオールを担当してもらうと発表した。そして、なにか起きたら彼を起こせと付け加えた。その夜の方針が決まると、前夜の睡眠不足がたたっていたわたしは、交替に来た者に身体を揺さぶられるまでは、なにひとつ覚えていない。眠気から完全に醒めると、わたしは水平線上に低く、月が出ているのに気づいた。右舷側の大海藻地帯にこの世ならぬ光を投じている。それ以外、夜はとても静かで、ボートがしずしずと進むにつれ、外部腰板に立つ小波の音を除けば周囲の海に音はなかった。そうしてわたしは次の交替まで、腰を据えて取り組んだ。しかし、まずわたしは、交替した男に、月はいつ昇ったのかをたずねた。すると、三十分足らずまえだと答えたので、さらに、舵取り中、海藻のなかに妙なものは見なかったかと質問した。しかし、彼は特別なにもなかったが、一度、海藻原野の奥に灯りが見えた気がしたが、それは空想のいたずら以外のなにものでもない。もっとも、それとはべつに妙な叫び声を真夜中過ぎたばかりの頃に聞いた。そして、海藻のどこかで大きな水跳ねが二度あったと述べ、もう質問に答えるどころではなく寝てしまった。

さて、はからずもわたしの見張り番は夜明け前であった。というのも、闇のなかでは異常で不健全な空想を精神が育むものだから、これはきわめてありがたいことだった。それでも、夜明けの直前になって、わたしはこの場の不気味な影響をまぬがれなかったのである。わたしは坐って、灰色の広大な藻の原のあちこちに視線を向けていた。海藻のあいだで妙な動きがあったのを、おぼろげながら目撃した気になった。夢のなかのようにぼんやりした白い顔があちらこちらからわたしを見つめたのである。しかし、常識に照らせば、光線の加減と寝ぼけた目のせいで、わたしが錯覚したにちがいないのだが、それにもかかわらず、肝を冷やした。

少しあとに海藻のただなかから、水が跳ねる非常に大きい音が聞こえた。必死に目を凝らしたが、その原因となるようなものはどこにも見分けられない。すると突然、月を背景としたわたしの視界に海藻の大荒野の内部から、藻の大きなかたまりを四方に跳ね飛ばして、すごい巨体が宙に浮上して月を隠した。二百ヤード足らずの距離だったと思われるが、わたしには月を背景にしたその輪郭がこれ以上もなく鮮明に見えた——並外れた大ダコだった。いま一度そいつは派手な水跳ねの音をさせて落下し、以後また静寂がもどった。わたしは震え上がり、これほどの怪物があれほど軽快に跳び上がれることにすっかりうろたえてしまった。

そして、(怖れおののいているうちにわたしは海藻のへり近くにボートを寄せてしまった)船の右前方でかすかな動きがあり、なにかが海中に滑りこんだ。わたしはボートの舳先を外に向かせようと舵取りオールを操った。そのため、前かがみになり、横から覗こうとして船べりの手摺の外に顔を出した。すると即、わたしは悪魔的な白い人面を見下ろしていたのである。ただし、口と鼻は一体化したくちばしそのものだった。そいつはぴくぴく動く両手で、のっぺりして手掛かりのないボートの外板をつかんでいた。そのありさまにわたしは前日朝に通り過ぎた難破船の腹にへばりついた大ダコを突然思い出した。するとその顔がわたしのほうに向かってきて、不格好な片手で喉を狙ってきた。同時に、不快で忌まわしい鼻をつく悪臭に襲われた。そのときわたしは肉体的、精神的にわれに返り、大慌てで身を引き、恐怖の叫びを上げた。そして、舵取りオールの中央部を持ち、オールの柄をボートの側面に強く振り下ろした。しかし、そいつは視界から消えてしまった。わたしは水夫長と乗組員を大声で起こしたのを覚えている。すると、水夫長はわたしの肩をかかえ、どんな恐ろしい目に合ったか知ろうと、わたしの耳もとで呼びかけた。それに対して、見たとおりを語ったが、自分でさえ嘘のように聞こえるのだから、わたしが夢でも見たのか、本当に魔物を見たのか、彼らはみな途方に暮れた。

そして、ほどなく夜が明けた。

7　海藻の島

水中からわたしを見上げた魔人の顔についてみながしきりに論じているとき、平水夫のジョブが、明け初めた光のなかで島を発見した。突然立ち上がって大声を出したので、一瞬われわれは彼が第二の魔人を見たのかと勘違いした。しかし、われわれも彼の発見したものをあらためて確認すると、彼への非難は突然の叫び声だけにとどめるほかなくなった。というのも、かくも孤立した場所で陸《おか》を目にしたことは、それぞれの心をなんとも温かくさせてくれたからだ。

さて、当初、島はきわめて小さいと思われた。そのときは知らなかったが、われわれは島を縦方向から見ていたのだ。しかし、そんなことにはかまわず、われわれはオールを握り、懸命に漕いで近づいた。そして接近すると想像より大きな島だとわかった。先端部を回り込んだ現在、海藻大陸の巨大なかたまりから離れた側を保って進んだわれわれは、内側に砂浜が食い込んだ湾に出た。われわれの疲れた目にはなんとも魅力的であった。ここでわれわれは一分ほどかけて景色を観察した。島はかなり特異なかたちをしている。黒い岩が大きなこぶとなって両端にそびえ、そのあいだは急傾斜の谷となって落ち込んでいる。この谷は不思議な植物で満ちているようだった。巨大な毒キノコめいたかたちのものや、浜辺寄りのあたりには、のちにわかるのだが、竹に似て軽くて丈夫な性質を持っている、とても丈の高い葦が密生していた。

砂浜については、おびただしい海藻が流れ着いていると思うのが合理的だろう。しかし、そうではなかった。少なくとも、その時点では。もっとも、島の奥で海に突き出した黒い岩の先端部では大量に見られた。

さて、水夫長《ボースン》は危険がないと判断し、われわれはオールを漕ぐ手も軽く、ボートを砂浜へ乗り上げた。ちょうど都合の良い場所なので、そこで朝食の用意をした。食事を摂りながら水夫長はわれわれと相談し、もっとも妥当な結論に達した。すなわちジョブを乗せたボートを海にもどし、残りの者で島を探検すると決めた。

そんなわけで、食事が済むと、予定の行動に移り、危険な動物に追われたりした場合には、汀に漕ぎ寄せてわれわれを迎えられるよう、ボートにジョブを残し、片やわれわれは近場の低い丘を目指した。海抜百フィートほどの高さがあり、上からは島のようすがさらに明確に把握できると踏んだからだ。とはいえ、水夫長はまずわれわれに一振りのカトラス(他の二振りはジョッシュのボートだ)と直刀《レピアー》を手渡した。直刀はわたしに、カトラスの一振りは自分で持ち、もう一振りは一番大柄な男に配った。そして残りの者には鞘入りナイフを持つように命じ、先導しようとしたとき、一人がちょっと待ってくれと呼びかけ、葦の叢《むら》へと走り寄った。そこで彼は両手でその一本をつかんで曲げてみた。しかし、葦は折れず、やむなくナイフで切れ目を入れた。そうして、まもなく一本取った。そのあと、細すぎて柔らかい、役に立たない穂先を切り落とし、残した茎の末端にナイフを柄まで突き入れた。このようにして、充分使える槍や銛《もり》のたぐいが出来た。葦は非常に丈夫だし竹のように中空なので、ナイフの柄を入れた部分に糸を巻いて茎を裂け難くすると、誰もが使いやすい武器となった。

水夫長はその男の妙案を認め、全員に同様の武器の製作を命じた。みながそれにいそしんでいるとき、彼はこの男を心からほめた。そうして、わずかなあいだに満足の行く武器を揃えたわれわれは、最寄りの黒い丘を目指し、意気盛んに島内に踏み込んだ。やがて、丘のふもとまで来ると、砂地からいきなり岩がそびえていて、海側から登れるものではなかった。そのため水夫長は谷の側に幾らか回り込んだ。このあたりの地面は砂でも岩でもなく、なじみのないスポンジのような感触であり、その岩の突出部をさらに回り込むと、唐突にまず出くわした植物が驚くべき大きさのキノコ――否《いな》、毒キノコだった。なぜなら、見かけからしていかにも不健全であり、ひどくカビ臭かったからだ。そして、谷を見ると、この毒キノコが全体にたくさん生えているのがわかった。ただ一ヵ所だけ、なにも生えていない円形の大きな空き地があった。だが、その理由を知るには、われわれはまだ充分な高さまで上がっていなかった。

やがて、岩ばかりの嶮岨《けんそ》なこの丘で、頂上まで深い亀裂が入っているところに来た。手がかり足がかりになりそうな岩の出っ張りや棚がたくさんある。そういうわけで、われわれは登りにかかり、できるかぎりおたがいに助け合った。十分ほどして、頂上にたどり着いた。そこからの眺望はなかなかのものだった。海藻の海とは反対側の浜辺が見えた。われわれの上陸した砂浜とは似ていなかった。浜辺は漂着した海藻で埋まっている。そのあと、わたしは島と海藻大陸の突端のあいだの海面に注意を移した。おそらくその幅は九十ヤードほどだろうが、気分としてはもっとへだたっていてほしかった。というのも、海藻とそこにひそむ異様な生き物に対するわたしの怯えは、限界に達していたからだ。

突然、水夫長がわたしの肩を叩いて、そこから半マイル以上離れた海藻の中に横たわるものを指さした。少し見ただけではなにか判断がつかずにいると、わたしのとまどいを感じた水夫長は、上部をすっかり覆ってしまった船だと教えてくれた。海藻中にいる大ダコや異常な生き物に対する防御なのは明らかだった。そう言われたわたしは、この忌まわしい浮藻に閉ざされた船体を観察しはじめた。しかし、マストを除いてなにも見分けられない。嵐ですっかり流されたあげくに船が海藻にはまったにちがいないが、海藻世界のなかの汚濁にひそむ恐怖に抗してこの防御をこしらえた者の末路も、自ずから連想された。

やがてわたしはいま一度、島に視線を向けた。ここからの視界はとても良好だった。島の全容が把握できる。長さは半マイルにおよぶであろうが、幅はおよそ四百ヤード以下だ。幅の割にはとても長い。島の中央部では両端より最大で三百ヤード細く、一番広いところではそれより百ヤード加わっている。

すでに述べたように、島の両側には浜があるが、海岸線全体からすればそう長いものではなく、他の海岸部は丘と同じ黒い岩で構成されている。そしていま、島の海藻に覆われた側の海岸を詳しく観察すると、浜に打ち上げられた海藻に混じって、大型船の下檣《ロワーマスト》や中檣《トップマスト》などの一部が、索具とともに見分けられた。だが、帆を張るための桁《ヤード》はすっかりなくなっている。これを見つけたわたしは、燃料に使えるかもしれないと、水夫長に指摘した。だが、彼は笑って、乾いた海藻は有り余る焚きつけになるし、適度な長さの薪にするためマストを切る手間も省けるとわたしに言った。

そして今度は、巨大キノコが生えていない場所へとわたしの注意をうながした。わたしは谷の中央部、巨大な穴が口を開けたような、円形に広く地表が露出しているあたりに視線を向けた。そこには、数フィートにおよぶ口のかたちをした水溜りがあり、その水面に気味の悪い茶色の浮きかすが広がっているようだ。わたしは注意深く観察した。もう、お察しのとおり、苦労してかたちを整えたように見えるからだ。しかし、これは遠目による錯覚でないとはいえないし、より近くから見ればずっと粗雑なものかもしれないのだ。

懸命に見過ぎたので、わたしはボートの浮かぶ小さな湾に視線を移した。ジョブは船尾に腰かけ、舵取りオールを使ってそっとスカルで漕ぎ、こちらを見守っている。それを見たわたしが親しげに手を振ると、彼も振り返した。そのときちょうど、ボートの下の海中になにか――黒っぽいものが動くのが見えた。ボートは水中の海藻の上を通過するように浮かんでいる。そのとき、なにかわからないそいつが海面へと上昇するのをわたしは見た。突然、わたしは恐怖に襲われ、水夫長の腕をつかんで指さし、ボートの下になにかいるぞと叫んだ。水夫長はそれを目にするなり、丘のふちに走り、ラッパのように口に手を当て、ボートを岸にもどし、もやい綱を大きな岩にしっかり結べと若者に叫んだ。水夫長の指示に、若者は〝アイ、アイ〟と呼応し立ち上がるとオールをひとかきして、舳先を浜に向けた。幸運にもこのときボートは浜から三十ヤード足らずであり、そうでなかったら彼は死んでいただろう。というのも、次の瞬間、動く茶色のかたまりはボートの下から大きな触腕を突きだし、ジョブの手からオールをすさまじい力でもぎ取った。あおりをくらった彼はボートの右舷船べりまであっさり吹っ飛ばされた。オールは海中に持って行かれて見えなくなり、しばしボートはそのまま放置された。ここで水夫長は若者にべつのオールを使えと叫び、いまのうちに浜へ船を上げろと言った。われわれも口々にあれこれ指示や助言をこぞって送ったが、すべて無駄であった。若者は身動きせず、誰かが気を失ってるぞと言った。わたしは、褐色のかたまりがいたあたりを見守った。すでにボートは五、六ヤード動いていたからだ。オールがひったくられてから、少し流された。その結果、怪物が消えたのがはっきりした。わたしが思うに、また深くまで潜水し、そこから勢いよく浮上しようとしている。だから、いまにも出現するかもしれず、その場合、若者はわれわれの前から消えてしまうだろう。

この重大事に、水夫長は自分に続けとわれわれに呼びかけて、登ってきた岩の大きな亀裂へ先頭切って向かい、そうしてすぐにみなこもごも谷側へと慌てて降りた。岩棚を下へ下へとたどるあいだも、怪物がもどってはいないか、わたしは気が気ではなかった。

水夫長が岩の亀裂の底にまずたどり着き、間髪を置かず岩のふもとを回り込んで浜辺を目指し、われわれは谷に無事下りてから彼を追いかけた。わたしは三番目に下りたが、足が軽くて早いので、二番目の男を追い越して、水夫長が砂浜に着くのと同時に追いついた。見るとボートは浜からおよそ十ヤード以内にあり、ジョブはなお意識を回復せずに横たわっている。しかし、怪物の気配はなかった。

つまり、事態はこういうことだ。ボートは浜から十ヤードほどにあり、ジョブは気を失ったまま船にいる。どこか船の竜骨の下（われわれの知るかぎり）のあたりに大物の怪物がいて、われわれはなすすべもなく浜辺にいた。

こうなっては、わたしには若者を救う手だてが思いつかなかった。残念だが、彼は破滅を待つしかない――泳いでボートに行くなど、わたしには狂気の沙汰としか思えないからだ――しかし、人並外れて勇敢な水夫長は、ためらいもみせず海に飛び込み、大胆にも泳ぎだすと、神の恩寵により、無事に達し、船首からボートへ乗り込んだ。ただちに彼はもやい綱をつかんでわれわれに放り投げた。それを引っ張れと命じ、すぐにボートを浜につけさせた。このやり方は賢明だった。オールであだ波を立てたりして、怪物の注意を引くのは避けられたからだ。

しかし、この慎重さにもかかわらず、怪物との戦いは終わっていなかった。ボートが浜に上がったとき、わたしは無くなった舵取りオールが半分海上に突き出したのを見た。続いてすさまじい水跳ねの音が船尾の海面で生じた次の瞬間、空を覆うように巨大な脚が何本も宙に舞った。すると振り向いた水夫長は怪物に襲われたのを悟って、若者を両腕でかかえ、船首から砂浜に跳び降りた。大ダコの出現を目にしたわれわれはみな砂浜から走り、誰ももやい綱を持ち続けようなど思いもしなかったので、ボートを失うところであった。というのも、大ダコはその脚を船に大きく広げて、自分がいた深みへ引きずり込もうとしているらしいからだ。そのもくろみは成功しそうであったが、水夫長の行動がわれわれ全員の目を覚まさせたのである。彼はジョブを安全なところに寝かせると、砂上にのびていたもやい綱を真っ先につかんだ。それを見て、われわれは勇気をとりもどし、協力しようと駆けつけた。

たまたま好都合にも、大きな岩の出っ張りがあった。先に水夫長がジョブにボートをつなぐよう命じたその岩だった。二巻きして、半結びを二度したので、ロープが切れないかぎり、ボートを失う恐れはなくなった。もっとも、怪物がボートを壊してしまう危険はありそうだった。そのため、また、こいつに対する純粋な怒りのため、水夫長はわれわれがボートを引き寄せたとき砂上に放りだした槍の一本を取った。彼はこれを手にして近づき、安全な距離を保った上で、触腕の一本に突き刺した。槍はたやすく突き刺さったので、わたしは驚いた。こうした怪物は、眼球以外どこにも弱点がない、不死身にひとしい存在だと聞いていたからだ。槍の刺し傷を受けても、反応はまるでなく、大ダコはなんの痛痒《つうよう》も感じていないようだった。それを見た水夫長はもっと致命的な傷をあたえようと、さらに大胆に接近した。しかし、二歩と近づかないうちに、この忌まわしい怪物は彼に襲いかかった。大きな図体からは予想もつかない驚くべき俊敏さがなかったら、彼はやられていただろう。すんでのところでかろうじて死をまぬがれたのに、怪物を傷つけ、滅ぼそうとする意志はゆるがず、決着を図るため、何人かを葦叢に送り、もっとも丈夫な茎を五、六本切らせた。われわれがこれを採ってもどると、二人に槍と茎を強くしっかり結びつけるよう命じた。それによって、いまや三、四十フィートの長い槍ができた。これを用いて、大ダコの触腕が届かない範囲からの攻撃が可能となった。そして、準備が整うと、自分で一本持ち、一番の大男にもう片方を持たせた。そして、彼は相方に自分は左眼を攻撃するから、そのあいだに大ダコの右眼を狙うよう指示した。

さて、いま少しで水夫長を捕まえ損ねた怪物は、ボートを引っ張るのをやめて、静かに横たわり、触腕を大きく広げていた。その巨眼は船尾のすぐ上にあって、われわれの動きを見守っているようであった。わたしとしては、おそらく太陽光線のまばゆさに目がくらんで、われわれがはっきり見えていないのではないかと思っていた。

いまや水夫長は攻撃の合図を送り、彼と相方は槍を手にして、休息している怪物に駆け寄った。水夫長の槍は怪物の左眼を真っ向からとらえたが、相方の突き出した槍はしなりやすく、ひどくたわんでボートの船尾材にあたり、ナイフの刃は短く折れてしまった。しかし、それは問題ではなかった。というのも、水夫長の武器があたえた傷の影響は驚くべきもので、巨大なタコはボートを手放し、海面に泡の渦巻きと血のしずくを残して、海の深みへと後退した。

われわれは怪物が本当に去ったのかどうか確認するため、何分か待った。そのあと、ボートに急ぎ、海からなるべく遠くまで引き揚げた。そして、一番重い積み荷を陸上に降ろし、ボートを海からさらに遠ざけることができた。

一時間後、狭い砂浜の海全体が黒く染まり、ところどころ赤くなった。

8　谷間の異音

さて、ボートを大わらわで安全な場所に移すと、さっそく水夫長《ボースン》はジョブの容態を気にかけた。というのも怪物がオールをひったくったときに柄で顎の下に加えられた打撃による衝撃からまだ回復していなかったからだ。しばらくのあいだ、彼が介抱しても効果がなかったが、やがて汲んできた海水で顔を洗い、胸の心臓の上あたりにラム酒をすり込んでやると、平水夫は身動きをはじめ、まもなく目を開けた。そこで、水夫長は強いラム酒を一杯飲ませ、具合をたずねた。ジョブは弱々しい声で、めまいと頭部や首の強い痛みを訴えた。それを聞いた水夫長はもう少し回復するまで寝ているように命じた。そこで、われわれは帆布と葦のささやかな日影に、彼を静かに寝かせた。気温はやや暑く、砂地は乾いているので、少しはましだと思われた。

さほど遠くないところで、水夫長の指示により、夕食の準備にかかった。われわれはひどく空腹であり、朝食からずいぶん時間が経ったように思われる。そのため、水夫長は乾いた海藻を集めさせようと、島の反対側に二人を派遣した。われわれは塩漬け肉を料理するつもりだった。クリークで座礁した船でゆでて以来、肉料理は久しぶりだった。

そのあいだ、男たちが焚き木を携えてもどるまで、われわれは水夫長の指示をこなして大わらわだった。二人は葦を刈りにやらされ、他の二人は肉と鉄の煮沸器を運ばされた。後者はわれわれが古い二檣帆装船《ブリッグ》から回収したものだ。

やがて、乾いた海藻を持って二人がもどってきた。きわめて珍しいもので、なかには人体ほどの大きさで分厚い固まりになっている束もあるが、乾燥しているためひどくぱりぱりしている。こうして、まもなくわれわれは、海藻と葦を焚き木にした、きわめて良好な火を得た。もっとも、後者はとくに優れた燃料とはいえなかった。樹液が多いし、適当な長さに折るのが骨だったからだ。

炎が赤く盛んになると、水夫長は海水を半分まで煮沸器に入れ、肉を収めた。この平なべに丈夫な蓋をすると、彼は平然と炎の中心に置いた。すぐに肉は旨そうに煮えた。

夕食を準備するかたわら、水夫長は夜の野営準備にとりかからせた。われわれは葦で大まかな骨組みをつくり、その上にボートの帆とボートカバーをかぶせ、帆布を葦の丈夫な裂片でくい止めした。テントが完成すると、休む間もなく、そこにすべての備品を収容した。続けて水夫長はわれわれを島の反対側に連れて行き、夜のための焚き木を集めさせた。みなそれぞれ両腕にかかえられるだけたくさんの海藻を運んだ。

さて、各自二抱えの焚き木を運んで来たときには、肉は煮えており、もうすることはなかったので腰を降ろし、旨い料理と堅パンをほおばり、そのあとラム酒を適量呑んだ。飲み食いが済むと、水夫長は具合をたずねるため、ジョブが寝ているところに行った。すると、若者の呼吸は荒かったが、とても静かに横になっていた。とはいえ、回復の気配はとくに見られず、われわれは人の手による処置よりも自然の治癒力に望みをかけて彼のもとを離れた。

このときには午後も遅くなっていたが、水夫長は日没まで、われわれが自由に過ごすのを許した。充分休息を取ってもらうためだが、日没から夜明けまで各自交替で見張りに立ってもらうと述べた。もはや海にいるわけではないが、朝目撃した事件のように、われわれが危険な状態にあるかないか誰にもわからない。もっとも、海辺から充分距離を取っているかぎり、もうタコによる危険はないのを彼も承知していた。

そして、暗くなるまで大方の男たちは睡眠をとった。しかし、水夫長はその時間の多くを、ボートの状態を詳しく点検するのについやした。嵐のなかでやられたところはないか、またタコとの闘いで傷んだところはないかを見たのである。すると、ただちに手入れを要する箇所が出てきた。ボートの底部、竜骨のひとつ隣の、右舷側の板が内側にへこんでいた。たぶんボートがタコに引きずられたとき、砂浜の水面直下に隠れていた岩にやられたのだろう。幸いにも損傷は深刻なものではなかった。ただ、次の航海までには慎重に修理しておく必要があるだろう。それ以外には、とくにこれといった問題はなかった。

わたしは少しも眠気を感じず、水夫長に付き合って船底の敷板の留めを外すのを手伝い、しまいに敷板を少し浮かせてねじり、彼が水漏れをもっと目近で点検できるようにした。ボートの検査を済ませると、彼は備品のところに行き、それぞれの状態を逐一確認し、残りの量も調べた。そのあとは、小型の水樽をみな叩いてみた。それが終わると、島で真水が見つかれば、これで充分だろうと言った。

この頃には日没が迫り、水夫長はジョブのようすを見に行った。すると食事のあと、われわれが訪れたときよりも、だいぶよくなっていた。そのため、水夫長は敷板の長いのを一枚持ってくるよう、わたしに頼んだ。わたしが用意すると、二人でそれを担架にして、若者をテントに運び入れた。そのあと、われわれはボートの固定されていない指物類と箱《ロッカー》の内容物をすっかりテント内に移した。それは漏水詰め《オーカム》、小型ボート用の手斧、一・五インチの麻ヒモ一巻、上等なのこぎり、ナタネ油の空缶、銅釘一袋、ボルトとワッシャー少々、釣り糸二本、予備のオール受け三個、柄のない三つ叉のやす、撚り縄《スパニヤン》二玉、ロープ用麻糸三かせ、索用の針が数本留め刺してある帆布一張り、ボート用ランプ、予備の栓、ボートの帆にするための軽いズック布一巻などだ。

そうして、島に闇が落ちた。水夫長はみなを起こし、厚く灰をまとった熾火《おきび》のかたまりになってしまった焚火にもっと焚き木をくべるよう命じた。そのあと、一人が煮沸器に水を足した。そしてほどなく、われわれは心楽しく夕食に熱中し、ボイルした塩漬け肉の冷めたものと堅パンを平らげ、ラム酒のお湯割りを呑んだ。夕食のかたわら、水夫長は見張りについて説明し、交替の順番を定めた。わたしは真夜中から一時と決まった。次に彼はボート底部のへこんだ板についての一同に説明し、島を離れるときまでに修繕の必要があると述べた。そして、夕食のあとからは、この島に食糧はなさそうだから、食するに適したものを見つけるまで、飲食物をきわめて厳格に制限しなければならない。しかも、真水が見つけられなければ、飲み水の不足を埋め合わせるため、海水を蒸留する必要があるし、この問題が解決できなければ、われわれは島を出られないと言った。

　さて、水夫長がこれらの説明を終えるまでには、食事が済んでいて、ほどなく、テント内部の砂上に居場所をつくり、横になった。夜のむし暑さのためか、わたしはしばらく寝付かれず、しまいに起き出してテントを出た。野外ならよく眠れるかもしれないと思ったのだが、そのとおりだった。焚火から少し離れたテントの脇で横になってみるとすぐに深い眠りに落ち、はじめは夢ひとつ見なかった。ところが、やがてきわめて奇妙で落着かない夢に襲われた。その夢というのは、この島にわたし一人取り残されてしまい、鬱々たる思いで赤茶けた水あかが浮く穴のへりに腰掛けていた。そのとき、わたしは真っ暗で静まり返っていることに突然気づき、震えだした。なぜなら、身の毛もよだつほどおぞましいものが背後に忍び寄った気がしたからだ。そのため、周囲に生えた大キノコのあいだの暗がりをよく見るため必死に振り向こうとしたが、身体に力が入らない。そして、まったく音も立てずになにか嫌なものが近づいている。わたしは叫んだ——というか、叫ぼうとした。しかし、声は上げられず、周囲の静寂は破られない。やがて、なにか冷たくて湿ったものがわたしの顔に触れ、そのままずるずる移動して、口を覆い、息詰まる不快な瞬間が訪れた。それはさらに動いて喉に下り、そこにとどまって……。

　誰かが蹴つまづいてわたしの足に倒れかかった。そのため、突然目が覚めた。見張り番の男が散歩して、テントの裏手に回り込んだのだ。わたしがいるとは知らなかったので、ブーツの上に倒れかかった。当然びっくりして震え上がったが、心を落ち着かせ、暗がりで蹴つまづいたものは、うずくまったけだものではないのを確かめた。彼の矢継ぎ早の質問に答えているあいだ、目覚めた瞬間になにかがいなくなったという、奇妙で恐ろしい感触に強くとらわれ続けた。わたしの鼻孔にまったくなじみがなくもない不快な臭いがかすかに残され、そして急に顔が濡れていて、喉に妙なひりつく感じがあるのに気づいた。片手で顔を撫でると、ねばるものでぬるっとすべる。そこでわたしは、べつの手で喉に触れた。こちらも同じ感触があって、おまけに気管の片側に蚊に刺されたような小さい腫れがあったが、蚊によるものとはとうてい思われなかった。

わたしの上に転んだ見張りのせいで起こされ、顔と喉にぬるっとしたものが付着しているとわかったのはつい先ほどのことであり、すぐに立ち上がったわたしは、彼について焚火に行った。というのも、寒気を感じていたうえ、とても一人ではいられそうもなかったからだ。焚火の前に来たわたしは、煮沸器の残り湯を汲んで顔と首を洗って、やっと人心地がついた。それから腫れがどうなっているのか知りたかったので、見張りに喉を見てくれと頼んだ。彼は乾いた海藻をたいまつのように使って、わたしの首を調べてくれた。しかし、わかったのは、へりは白くて内側が赤い、小さな輪が幾つもついていて、そのひとつからは微小な出血が見られるということだけだった。そのあと、わたしは彼にテントのまわりでなにか動くものを見なかったかとたずねた。しかし、見張りのあいだ、一度として、そんな経験はなかったが、実はすぐそばからではないが、妙な音は確かに聞いたという。あえていえば、わたしの喉の腫れはサシチョウバエのたぐいに刺されたのではないかと彼はほのめかした。だが、それについて、わたしは首を振って否定し、夢の内容を語った。そのあとは、たがいの身の安全を考えて近くで過ごし、夜はさらに更けて、やがてわたしの番が来た。

それからしばらく、わたしと交替した男は横に坐って親切に付き合ってくれた。しかし、その思いやりに気づいたわたしは、起き抜けに顔と喉の異常を見つけたときのような恐怖心はなくなったから、もう行って寝《やす》むよう懇願した。彼は了解して去り、そうしてわたしはしばし焚火の前で一人坐っていた。

ひとときのあいだわたしは息を詰めて聞き耳を立てていた。しかし、周囲の闇からはなんの音もしない。そうすると、まるではじめて感じるかのように、われわれは孤独で荒廃した忌まわしい場所にいるという意識がしみじみと涌いてきたのである。わたしはひどく切ない気分になった。

銷沈して坐っていたわたしは、しばらく焚火をくべず、炎は小さくなって熾火が光るだけになった。そのとき、谷間の方向で、鈍いどさりという音が突然聞こえた。静寂のなかで、驚くほどはっきりと届いた。そのため、わたしは見張番にもかかわらず、ぼんやり坐っているだけで焚火も消えるにまかせるなど、自分自身にも、ほかの者に対しても、責任を放棄していたことに気づいた。即座におのれを恥じ、乾燥した海藻を急いでつかみ、大量に火にくべた。すると大きな炎が夜空に昇り、わたしは左右に鋭い視線を向け、直刀《レピアー》をかまえ自分の不注意——異常な怠慢を恐怖によると信じこみかけていた——で実害が生じずに済んだ幸運を神に感謝した。まもなく、周囲を見まわしていると、静けさのなかに新たな音が聞こえてきた。あたかもおびただしい数の生き物がこっそり蠢《うごめ》いているような、あちこちで柔らかいものがずるずる滑り続ける音が谷底でしている。わたしはさらに焚き木をくべ、谷の方向に目を凝らした。すると、なにか見える——炎の光の外周部で影が動いているようだ。前任の見張り番が、すぐ近くのちょうど手の届く砂地に、槍を突き刺してくれてあったので、影が動くのを見て、わたしは槍をつかみ、その方角に力一杯投げた。しかし生き物に当たったような悲鳴はなく、たちまち、島内はまったくの静寂にもどり、それを破るのははるか海藻のあたりの、水の跳ねる音だけであった。

以上のことで、わたしの神経にとてつもない重圧がかかったのはわかるだろう。だからわたしは左右を絶えず警戒し、そのかたわら、ときどき素早く背後にも目を配った。魔物めいた生物がいつ襲いかかってくるか知れなかったからだ。しかし、数十分間、怪しい生き物の姿も音もなかった。それをどう解釈すればよいかわからず、異音を聞いた自分を疑いはじめた。

しかしわたしが疑いのとばくちで思いとどまったとき、気のせいではなかったのを確信した。というのも、突如として谷間全体がさらさら走る音に満ち、ときには柔らかなどさりという音もまじり、しかも以前のずるずる滑る音まで聞こえた。ここに至って、一団の魔物が襲ってくると考え、わたしは水夫長ほか全員を起こすため大声を上げた。

叫んだとたん、テントから水夫長が走り出し、みな武器を持ってそれに続いたが、砂上に槍を残した男は、炎の光の届かない闇に放り出されてしまったので丸腰だった。そしてなにがあって叫んだのか知ろうと、水夫長は大声でたずねた。しかし、わたしは静かにするよう両手を上げただけで、答えなかった。ところが、その要請が容れられたとき、谷間の異音は止《や》んでいた。そのため説明を求めて、水夫長はわたしを振り返った。しかし、わたしはいま少し耳を澄ませてくれと頼んだ。彼は従い、ほとんどすぐに異音がふたたび発せられたので、わたしが正当な理由もなく全員を起こしたのではないのを知った。そのためみな立ちつくして谷間の方向の暗闇を見つめた。わたしは焚火の明かりが届く限界あたりにまた影が見えた気がした。するとそのとき、一人が叫んで手にした槍を暗がりに投げた。しかし、水夫長は大変な剣幕で彼を怒鳴りつけた。なぜなら、自分の武器を投じてしまえば丸腰になってしまい、その累《るい》は全体におよぶのだ。しかし、覚えておられようが、わたしはほんの少しまえ、同じことをしていたのである。

まもなく、谷間はまた静かになった。これからどうなるのか、誰にも見当がつかない。水夫長は乾いた海藻を大量につかみ、焚火で火をつけると、それを持ったままわれわれと谷間のあいだの砂浜に走った。そこに火を投じ、ほかの者にもっと海藻を持ってくるよう合図した。そしてわれわれは谷間の底からなにが来ようと、その炎で見ることが可能となった。

まもなく炎は盛大に燃え上がり、その明かりで二本の槍は見つかった。砂に刺さっていたが、どちらも一ヤードと離れていなかったのはとても不思議に思われた。

第二の焚火がつくと、その後しばらく谷間からの異音はなかった。海藻大陸の漠たるなかからときどき聞こえてくる間をおいた水跳ねの音を除いて、島の静寂を破るものはなにもなかった。およそ一時間後、わたしは水夫長を起こした。焚火の係をしていた男がやってきて、彼に焚き木が終わってしまったと言った。それを聞いた水夫長は茫然とした表情になった。われわれも同じ顔だったろうが、どうすることもできない。そのうち一人の男が思いついて、われわれが刈った葦束のことを思い出させた。燃えが悪いので、葦のことは念頭になかった。それがテントの裏手にあったので、これを谷間とのあいだの焚火にくべた。もう一方は消えつつあった。片方すら夜明けまでもたせるだけの、葦がなかったからである。

まだ暗いうち、ついに焚き木は尽きてしまい、焚火は消えた。すると、谷間の異音が再開された。火が消えて闇は濃くなり、われわれはそれぞれ武器をかまえて立ち、いっそう目を凝らした。そして、ときおり島は底知れず静まり返り、それからまた這いずる音が谷間で聞こえる。しかし、わたしは静寂のほうが神経に応えた。

そんなふうにして、ついに夜が明けた。

9　暮れ方の出来事

夜明けの到来とともに、島を静寂が支配し、谷間もすっかり鎮まって、われわれは恐れる必要がなくなったのを知った。水夫長《ボースン》はわれわれに休息を命じ、自らは見張りに立った。そして、わたしはついにひととき熟睡し、昼の仕事への英気を養った。

やがて数時間が経過し、水夫長はわれわれを起こし、焚き木を集めるため島の反対側に連れ出した。ほどなく各自大量に持ち帰り、うきうきとして火を起こした。

われわれは朝食に割れた堅パンをひとつかみ、塩漬け肉、遠くの丘のふもとの浜で水夫長が拾った貝を食べた。貝にはたっぷり酢をかけてあったが、壊血病にかかるのを防ぐ働きがあると水夫長は言った。食事が済むと、彼は糖蜜を配り、われわれは湯でといて飲んだ。

すでに早朝にも彼はジョブのようすを見に行っていたのだが、食事が終わると、またテントへ向かった。若者の容態は幾分彼を苦しめていた。彼は図体の大きさや外見の武骨さにもかかわらず、驚くほど優しい心の持ち主であった。しかし、具合は前夜とほとんど変わらず、健康をとりもどさせるにはどう処置すればよいのか、われわれにはわからなかった。ひとつ試みたのは、前日朝からなにも食べていないので、餓死しないように、お湯やラム酒や糖蜜を飲ませようと半時間以上努力したのだが、窒息するのを恐れ、充分な量を摂らせることはできなかった。そんなわけで、いまやわれわれはやむなくテントに彼を残して作業に向かった。なすべきことは山ほどあったのだ。

しかし、その後の作業に先立って、くまなく調査する決意で水夫長はわれわれを谷間に連れ出した。ひょっとしたらそこにはけだものが隠れ棲むか、魔物が待ちかまえて跳び出し、われわれを滅ぼそうとするかもしれないが、昨夜、われわれを狼狽させた生き物の正体を、彼は発見したかったのだ。

さて、早朝に焚き木を取りに行ったときは近場の丘の岩のふもとにあたる、谷の縁《ふち》をなすスポンジ状の地面のみを往来したのだが、いまわれわれは谷の中途まで真っ直ぐ降りてきた。大キノコのあいだを通り、穴のように見える谷底の空き地を目指した。地面はとても柔らかだが、弾力性が強いため、少し歩くとすぐ足跡は消えてしまうか、さもなければ歩いたところに、小さな滞水が生じたりした。やがて、穴の近くまで来ると、地面はいっそう軟弱になり、歩くたびに沈みこんで、足型を取ったようなくぼみが残った。

われわれはここで、ひどく奇妙で当惑させられる足跡を発見した。というのは、穴（近くまで来てみると、穴というのはややふさわしくないようだ）のへりのところのぬかるみには、たくさんの痕跡が残っている。わたしには、泥の上を大ナメクジが通ったとしかたとえようのない跡だった。しかし、ナメクジを思わせる跡がすべてではなく、べつのものもあり、それはウナギの群れを繰り返し投げ落としては拾い上げたようなものであった。少なくともわたしにはそんなふうに見えたので、そのとおりに記しておく。

わたしが述べた跡はさておき、そこら中に大量の粘液の痕があって巨大なキノコの繁る谷全体に認められた。しかし、先に私が述べた場所の向こうには見当たらない。いや、わたしは忘れるところだったが、うっすらと残るぬめりを、この狭い谷のテント寄りの端にたくさんあるキノコで見つけていた。そして、ここにもあるたくさんのキノコが最近折られたり、根倒しになっているのを発見し、なおかつ同じ野獣の痕跡がことごとくついていた。わたしはそこで、夜間に聞こえた鈍いどさりという音を思い出した。野獣がわれわれのようすをこっそり窺《うかが》うため、巨大毒キノコに登ったのはまず疑いない。多数が乗ったため、その重みでキノコが折れたり、根から倒れたりしたのだろう。少なくとも、わたしにはこんな想像が生まれた。

そんなふうにわれわれの探険は終わり、水夫長はそれぞれに仕事をあたえた。だが、最初に彼はわれわれ全員を砂浜にもどし、ボートを裏返しにする手伝いをさせた。傷んだ箇所を修繕しようというのである。いざボートの底のすべてが見えると、先のへこんだ船板の脇にも損傷が見つかった。というのも、その底板全体が竜骨から浮いていて、ボートが表向きになっていると船底の湾曲部《ビルジ》は下になるので見えないのだが、われわれの目には深刻な状態に思われた。しかし、水夫長は、予想より、だいぶ大事にはなるだろうが、船が航海可能に修繕できるのは間違いない、と請け合った。

ボートの検査を終えると、水夫長は船の敷板を取りに一名をテントに向かわせた。損傷の補修に厚板が必要だった。ところが、板が届くと、それでは不充分なのがわかった。幅と厚みが三インチほどある良質な長い板が入用で、底板をできるかぎり元通りにしてから、竜骨の右舷側に長い板を外からの補強材に当てがってボルト留めするつもりだった。そうすれば、底板に打った釘が当て木の厚板まで届いて利いてくれるので、そこに水濡れ詰め《オーカム》をほどこせば、ボートはほとんどいままでどおりの安全性が確保できるのだ。

さて、彼の説明を聞き、必要にかなった木材がどこで得られるか、われわれはみな茫然となったが、やがて、島の反対側にマストやトップマストがあったのを、わたしはふと思い出し、すぐ口にした。すると、水夫長はうなずき、工具は小型の斧と手挽きのこぎりがひとつずつしかないので、相当苦労する覚悟が必要だが、そこで木材が手に入るかもしれないと言った。そして、彼は海藻を取り除くため、われわれを送りこんだ。彼は二枚の底板のゆがみをもどす作業を済ませてからやってくる約束であった。

船の円材《スパー》のある浜辺へ到着したわれわれは、意気盛んに取りかかった。円材の上に積もり、索具に複雑にからみ合ってしまっている海藻や漂着物を取り除いた。やがて裸にしてみると、円材はきわめて状態がよかった。とくに下檣《ロワーマスト》は上等だった。下檣と中檣《トップマスト》の据え付けの索具は、そのまま付いていて、ところどころ下檣の索具は横静索《シュラウド》の途中まで撚り糸が切れていたが、残っているものは総じて良質で、どこも朽ちているところはなく、白い麻の品質は素晴らしく、最高設備の船にしか用いられないものであった。

われわれが海藻を片づけ終えた頃、水夫長がのこぎりと手斧を携えてやってきた。その指示を受けて、われわれは中檣《トップマスト》の締め綱《ラニヤード》を切断し、中檣の檣帽《しょうぼう》のすぐ上部からのこぎりを入れた。これはたいそう骨の折れる作業で、交替でのこを握ったが、それでもおおむね午前中一杯かかってしまった。完了した喜びは大変なもので、水夫長は海藻を持って行って食事のための焚火を起こし、煮沸器に塩漬け肉を入れてわかすよう一人の男に命じた。

その間、水夫長は中檣の切断をはじめていた。切ったところからおよそ十五フィート下だった。補強用の当て木としてその長さが必要だったが、多大な労力を要したので、半分も切らないうちに、水夫長が指名した男がもどってきて、食事の用意ができたと告げた。食事を手早く済ませると、パイプを喫って少し休んだものの、水夫長は立ち上がり、われわれを連れてもどった。中檣を夕暮れまでにやりとげる決意だった。

やがてひんぱんに交替しながら、二度目の切断を完了した。それから水夫長は、残った中檣部材から約十二インチの角材をわれわれに切り取らせた。われわれが切り終えると続いて彼は手斧でくさび形をきざみはじめた。次に十五フィートの円材の底にV字形の切れ込みをつけた。そして、切れ込みにくさび材をかませ、細工の妙と幸運があいまって、彼は夕方近くに丸太を中央からきれいに裂いて二本に分割した。

さて、日没が迫ってきたので、彼は海藻を急いで集めさせ、野営地に運ばせた。そのかたわら海藻のあいだの貝を拾わせるため一人を浜に行かせた。しかし、彼自身は、わたしを助手にして二つに裂いた丸太への作業を続けた。かくしてさらに一時間、直径約四インチ、長さはそのままの二つに裂いた片方に手を加え続けた。大変な労力をかけたわりにはささやかに思われる成果だが、彼はとても満足していた。

　このときはもうたそがれ時となっていて、みなは海藻運びに片をつけてこちらにもどっており、水夫長が野営地に帰るのを付近に立って待っていた。ちょうど水夫長が貝を採りにやった男がもどり、槍で大ガニの腹を串刺しにしていた。甲羅の幅は一フィート足らずで、ぞっとするような外観であった。しかし、夕食の際、煮沸器で湯掻《ゆが》くと、実に美味であるのがわかった。

　さて、この男がもどると同時に、われわれは中檣《トップマスト》から切り出した材木を運んで野営地に向かった。このときまでにはかなり暗くなっていて、反対側の浜に向かうため谷の上部を横切って、大キノコのなかを通ると、とても奇妙であった。ことに、その化けものめいたキノコの嫌なかび臭いにおいが、昼間よりもっと攻撃的であるのにわたしは気がついた。といっても、視界のきかない分、鼻により多くを頼ったためかもしれない。

　谷のとばくちを半分ほど横切り、闇が着実に深まったとき、わたしは穏やかな夕べの空気にかすかな臭いをかぎとった。周囲のキノコが発するのとはまったく異なる臭いだった。次の瞬間、ひどくぷーんと来て、嫌悪で吐き気がするほどだった。しかし、この悪臭は、島を発見するまえの夜明けに、ボートのへりでかいだ不快な臭いの記憶を呼び覚まし、吐き気もどこかに行くほどの恐怖をかきたてた。というのも、突然わたしは昨夜、顔と喉にぬめる粘液をつけ、鼻をつく悪臭を残したやつがどんなものか悟ったからだ。そうと知ると、わたしは水夫長に急ぐよう叫んだ。この谷間には魔物がひそんでいる。それを受けて、何人かは走りだした。しかし、水夫長はとびきり厳しい声で、そこにとどまって、ひとつにかたまれと命令した。さもなかったら、彼らは暗闇のキノコの林で闘い、攻撃され、やられていただろう。いまや水夫長同様、周囲の闇の恐怖にかられた彼らは命令にしたがい、われわれは無事に谷間から出た。もっとも、後方の少し下った斜面でわれわれを追ってくるような、ずるずる滑る異様な音はあった。

野営地に到着すると同時に、水夫長は四ヵ所で焚火を起こすよう命じた。そのうちのテントの両側はわれわれが担当し、愚かにも消えるにまかせた以前の燃えがらの上で点火した。炎が上がると、煮沸器をのせ、わたしがすでに述べたとおり、大ガニを湯掻いた。そうして、旨い夕食にありついた。しかし、食事中もそれぞれが自分の武器を手の届く砂上に刺していた。谷間には魔物めいたものが幾らか、あるいはおびただしく棲息しているのがわかったからだが、そうと知ったところで食欲の妨げにはならなかった。

やがて、食事も済み、それぞれパイプを出して喫うつもりになった。しかし、水夫長は一人に立ち上がって見張りをするよう命じた。みなが砂上にごろごろしていては、奇襲にあうおそれがあったからだ。わたしには分別のある処置と思われた。というのは、焚火の炎が明かるければ自分たちは安全であると、人は簡単に過信してしまうからだ。

さて、焚火の光の輪につつまれて一同が休息しているあいだ、水夫長はクリークの船から持ち出した糸芯ロウソクの一本に火をつけ、一日安静にしていたジョブの具合を確認しに行った。それを見たわたしは、哀れな若者のことをすっかり忘れていた自責の念にかられ、水夫長に続いてテントに入ろうとした。しかし、わたしが入り口に近づいたとき、彼は大きな叫び声を上げ、ロウソクを砂地近くまで下げた。それでわたしは彼が取り乱した理由を知った。というのも、ジョブを寝かしたその場所には誰もいなかったのである。わたしはテントに入った。と同時に、谷間でかいだのと同じ恐ろしい悪臭が、かすかではあるがわたしの鼻を襲った。まえにボートの外にいた怪物が放っていたのと同じ臭いだ。そして突然、ジョブがあの邪悪なやつらの餌食になったのをわたしは悟った。水夫長にやつらが若者をさらったんだ、と声高に言い、同時にわたしは砂上にぬめぬめした痕跡があるのを目にして、疑いのない証拠を得たのである。

わたしの根拠をすっかり知ると――彼自身の予測を裏付けるものにすぎなかったが――水夫長はすぐにテントを出て、男たちに引っ込んでいろと命じた。というのも、入り口付近に集まっていた彼らは、水夫長の発見した事実にすっかり動揺していたからだ。すると水夫長は、採薪《さいしん》を命じられた者たちが切っておいた葦の束を取り、何本かの太い茎に、乾いた海藻のかたまりを巻きつけた。そこで水夫長の意図を察した彼らは、見よう見まねでつくり、われわれは各自特大のたいまつを手にした。

準備が済むやいなや、各自武器を持ってからたいまつに火を点じ、魔物と哀れなジョブの死体が残した痕跡をたどって出発した。われわれはすでに彼の運命については悲観的だった。砂に残る跡とぬめりは、きわめてわかりやすく、すぐに行方が突き止められなければ、そのほうが不思議だった。

いまや水夫長が谷間へ直行する跡を見つけて先に立ち、頭上高くたいまつを掲げてにわかに走りだした。それを受けてわれわれも負けじと走った。集団から遅れたくないという気持ちが強く働いたせいだが、わたしにいわせればそれ以上に、一同がジョブの仇を討つ一念に燃えていて、さしもの恐怖心も薄らいでいたからだろう。

　三十秒足らずでわれわれは谷間のとばくちに達した。しかし、あいにくここの地面は足跡が残りにくく、われわれは方角を失って立往生した。そのため、万一の生存の可能性も考えて、水夫長は大声でジョブに呼びかけた。しかし、応答はなく、小さな谺《こだま》が不気味に返ってきただけだった。すると、これ以上時間を空費するのに耐えられず、水夫長は谷の中心部を目指して真っ直ぐに駆け降りた。われわれもあたりに周到な目配りをして続いた。中途まで降りた頃、前方になにか見えたと、一人の男が叫んだ。しかし、水夫長はもとより気づいていて、たいまつを高くかかげ、大物のカトラスを振りかざし、真っ直ぐに駆け降りた。だが、剣をかざしたままなにかの横にひざまずいた。われわれはすぐ彼に追いつき、同時にわたしは白いものが多数、前方の暗がりに素早く隠れるのを見た気がした。しかし、それについて考える間もなく、水夫長がなににひざまずいたのかわかった。それは変わり果てたジョブの死体だった。わたしが喉につけられたのとそっくりの小さな輪型の痕にびっしり覆われていて、そのことごとくから血がしたたり落ちていた。そのため彼の姿は恐ろしい、酸鼻《さんび》をきわめたものになっていた。

　むごたらしく血にまみれたジョブの姿に、われわれは生きた心地もせずに息を呑むばかりだったが、水夫長はその間に若者の心臓の上に手を置いた。すでに鼓動はなかったが、死体はなお温かかった。それを確認したとたん、そのいかつい顔の満面に怒気をあらわにして、立ち上がった。彼は柄を突っ込んであるたいまつを地面からひっつかみ、静かな谷間を睨《ね》めまわした。しかし、視界に動くものはなく、ただ巨大キノコの群生とたいまつの盛大な光が揺らす妖しい影と喪失感があるばかりだった。

このとき、一人の男のたいまつが燃え尽きかけて分解し、黒焦げの持ち手だけとなった。続いてすぐ、二人の男のたいまつも終わりかけた。このありさまに、われわれは野営地にもどるまでたいまつがもたないだろうと心配になり、どうするつもりか水夫長を見た。しかし、彼はすっかり押し黙って、暗がりをまんべんなくうかがっている。やがて四本目のたいまつが燃えさしの粉を降らして地面に落ち、わたしは振り返った。そのとき、どすんと鈍い音を伴って、乾いた物体に突然火が移り、わたしの背後で大きく光がゆらめいた。わたしが素早く水夫長に向き直ると、彼は最寄りの巨大毒キノコのへりに沿って燃え上がる炎を見上げていた。その火勢は激しく、炎を風と吹き出し、すぐに鋭い爆発音を上げ、そのたびに微小な粉を吐き出した。それが鼻や喉に入ると、われわれはどうすることもできないほどのくしゃみと咳に襲われた。もしも、このとき敵に攻撃されていたら、無様きわまりない理由でわれわれはやられていたにちがいなかった。

最初のキノコに火をつけたのが、水夫長であったかどうかはわからない。たぶん、彼のたいまつが偶然触れて引火したのだろう。たとえたまたまであろうが、水夫長はこれを紛れもない天佑ととらえ、残りの者たちが息ができないほどの咳やくしゃみに苦しむのを尻目に、たいまつでさらに先のキノコに点火していた。しかし、われわれは粉の毒素にいきなりやられてしまったにもかかわらず、各自が水夫長のやり方に倣って大わらわになるまで、一分もかからなかっただろう。そして、たいまつが燃えつきると、それぞれ炎上中のキノコを欠き取って、たいまつの持ち手に突き刺し、同様の破壊行為を行なった。

これらのことはジョブの死体を発見してから五分も経たないうちに起こったのだ。忌まわしいこの谷全体が天に向かって火炎と悪臭を吹き上げていた。そのあいだ、殺意に満ちたわれわれは武器を握り、哀れな若者を非道な死に追いやった魔物を倒そうと、あちこち走りまわって探した。しかし、復讐を遂げるべき怪しい生き物やけだものは、どこにも見当たらない。いまや谷間は高熱と飛びかう火の粉と刺激性のある粉塵が充満するせいで通過不能におちいりつつあった。われわれは若者のもとへもどり、遺体を海辺まで運んだ。

その夜は誰も眠らず、燃えるキノコは、地獄の口が大きく開いたような谷間から巨大な炎の柱を立ち上げ、朝が来てもなお燃え続けた。やがて昼間になり、何人かは疲労困憊して眠ったが、見張りは立て続けた。

そして、われわれが目を覚ますと、島を大雨と暴風が襲った。

10　海藻のなかの灯火

いまや海からの風は猛烈なものとなり、テントが吹き倒されるおそれが出てきた。実際、陰気な朝食が終わる頃、ついに倒れてしまった。しかし、水夫長《ボースン》は余計な手間は不要だとして、立て直させなかった。そのかわり、葦で作った支柱を使ってへりをめくり上げて広げ、雨水を溜めさせた。海洋にふたたび乗り出すためには、糧食や水の再備蓄が不可欠だったからだ。そして、何人かがそれに取り組み、ほかの者は予備の帆布で小さなテントを立てる手伝いをさせた。その下に、雨に濡れては困るものをすべて避難させた。

しばらく豪雨が続き、帆布で集めた水が、小型水樽一杯分になりそうになったので、水樽を取りに走ろうとしたとき、水夫長は待てと呼びかけ、すでに入っている水に加えるまえに飲んでみるように言った。そこでわれわれは両手を入れてすくい、試飲してみた。それは塩気が強くてとても飲めたものではなかったので、わたしは驚いた。すると、水夫長は、帆布は何日にもわたって海水を浴びていたのだから、塩分を流しきるまでしばらく雨でさらさないといけないと教えてくれた。それから彼は帆布を砂浜に広げ、表裏を砂でごしごしよくこすって洗えと言った。われわれはせっせと作業を行い、さらに雨でよく洗い流した。その結果、次に集めた水はだいぶ良くなったが、蓄えるにはまだ難があった。しかし、いま一度すすぎ洗いをすると、塩気はなくなり、それ以後集めた水はすべて備蓄にまわすことができた。

そして、正午前、雨が上がった。といっても、短いスコールは折々あった。風は止まなかったが、安定していて、われわれがその後島にいるあいだ同じ風向きで吹き続けた。

雨が止むと水夫長は全員を召集した。不運な若者を丁重に埋葬するためだ。なきがらは昨夜のうちにボートの敷板の上に横たえられていた。少々相談した結果、埋葬は砂浜と決まった。というのも、このあたりで土の部分があるのは谷間だけで、誰一人としてそこに埋葬したくはなかった。そのうえ、砂地は軟らかくて掘りやすい。ろくな道具がないわれわれにとって、これは重大な条件であった。やがて敷板やオールを総動員し、手斧も用いて、若者を充分収めるに足る大きくて深い穴を掘って、なきがらを安置した。われわれは祈りの言葉は述べなかった。しかし、墓前に立ってしばし黙禱した。そして、水夫長は砂をもどすよう、われわれに合図した。ほどなく哀れな若者はすっかり砂に覆われ、永久の眠りにゆだねられた。

その後、われわれは食事を作り、水夫長はそれぞれにラム酒をなみなみと注いでくれた。彼はわれわれの気分を回復させたいと思ったのだ。

われわれが坐ってパイプをくゆらせたあと、島中の岩場を調べさせようと、水夫長は全員を二手に分けた。おそらく雨後にたまったくぼみや地表の割れ目の水を見つけて集めさせるつもりだろう。帆布の工夫で多少は水を溜めたとはいえ、われわれの必要量からすれば、まだ遠くおよばない。すでに太陽がまた顔を覗かせているので、彼はあせっていた。日射しによって、せっかく見つけようとしている小さな水溜りがたちまち干上がってしまわないかと心配していたからだ。

水夫長が片方の一団を率い、他方を大男の平水夫にまかせ、全員武器を携行するよう命じた。そして、彼は近くの丘のふもとの岩場へ出発した。他方はもっと遠くの大きな丘に向かわせたが、両者に空の小型水樽を、二本の丈夫な葦に吊り下げて運ばせた。雨水が空中に蒸発して消えてしまわないうちに小さな水場を見つけて、汲み取ろうというのだった。そして、水をすくうために、ブリキの小なべや、ボート備えつけのあか汲《ベイラー》みを持っていた。

しばらく岩場のなかを這うように進んだのち、とびきりうまくて新鮮な小さな水溜りに出くわした。ここからは三ガロン近くの水を汲み尽くした。そのあとにも、水溜りを五、六ヵ所見つけた。しかし、どれも最初のものほどの水量はなかった。しかし、われわれは不機嫌にはならなかった。小型水樽の四分の三近くは確保できたからだ。そして野営地に取って返したが、他方の一団の幸運に驚かされた。

われわれが野営地の近くに来たとき、あちらの一団がもどって行くのを前方に見つけた。ずいぶん意気盛んに見えた。だからわれわれは、小型水樽に汲めたかどうかたずねるまでもなかった。われわれを見つけると走ってきて、遠くの方の丘を三分の二ほど登った途中にある深い穴に、真水の大きな溜りがあるのを見つけたと語った。すると水夫長はわれわれの小型水樽を降ろさせ、丘に行くよう全員に命じた。この朗報を自ら確認するつもりだった。

まもなく、あちらの一団の案内でわれわれは遠くの丘の裏手に回り込み、頂上まで登りやすい斜面が続いているのを知った。出っ張りやくぼみがたくさんあり、階段を登るのとさして変わらない程度だった。そして、九十ないし百フィートほど登ったとき、突然水をたたえた場所に出くわした。そして、彼らの発見の報告が過大なものではないとわかった。というのも、水溜りは奥行き二十フィート近く、幅十二フィートあって、泉の水のようにとても澄んでいる。しかも槍を突き入れてみると、相当な深さがあるとわかった。

さて、必要なだけの充分な水があるのを自ら確かめた水夫長は、心底ほっとして、遅くとも三日以内にこの島を出発できるだろうと宣言したが、残念に思う者は皆無だった。実際、もしボートに損傷がなかったら、われわれはその日のうちにも島を出ていただろう。しかし、ボートをふたたび航海に耐えられるようにするためには、いろいろなすべき準備があったので、実際には不可能だった。

水夫長の吟味が済むのを待っていたわれわれは、きびすを返して下りようとした。水夫長もそうするつもりだろうと思ったからだが、彼はわれわれに待つよう声をかけた。そして、振り向くと、彼は丘の残りを登りはじめた。それを見て、われわれは急いであとに続いた。とはいえ、どんな理由があって登っているのか、察しもつかなかった。やがて、われわれは頂上に到着し、広々とした場所であるのを知った。一、二ヵ所、幅二分の一から一フィート、長さは六から十二ヤードほどの深い割れ目があるものの、とても平坦な大岩から成っていた。前述のとおり広々としているばかりか、すっかり乾燥していて、砂浜にずっといた身からすると、心地よいほど足もとが堅固であった。

わたしは水夫長の意図をかなり早く見抜いたと思う。というのは、谷間を見下ろす側のへりに行って、下を覗くと、ほとんど切り立った絶壁となっているのを知り、わたしは思わずうなずいた。まるで望んだとおりだったからだ。まわりに目をやると、水夫長が海藻の側を調べていたので彼のもとへ行った。そちら側もやはり、丘腹は鋭く落ちこんでいる。そのあとわれわれが海側に行くと、海藻側とほぼ同じように切り立っていた。

やがて、このときまでにいささか考察したことを、わたしは率直に水夫長にぶつけてみた。つまり、ここはきわめて安全な野営地になる。両脇と背後からはなにも近づけず、正面の斜面は簡単に見張りができる。これを熱をこめて彼に力説した。わたしは夜の訪れが死ぬほど恐かったのである。

さて語り終えると、水夫長は、わたしがにらんでいたとおり、実はそれこそ自分も狙っていたのだと白状した。そこで、ただちに彼は一同を呼び集め、急いで下りてこの丘の頂上に野営地を移すと言った。それを受けて、男たちは賛意を口にし、われわれは野営地に急行し、丘の頂上へと装備を運びはじめた。

その間に水夫長はわたしを助手にして、ボートの修繕に取りかかった。密閉用の当て木《バッテン》を竜骨の脇に合うようなかたちに整えて、補強しようというのだが、一番の狙いは反ってしまった底板の養生にあった。彼はこれに午後の大部分をかけて精出し、小さな手斧を巧みに操って、材木のかたちを見事に整えた。しかし、夕刻となっても、彼の満足する仕上がりには達していなかった。

しかし、彼がボートの作業だけにかかりきりになっていたと考えてはいけない。その指示を必要とする者たちがいた。テントの位置を決めるために、丘の頂上に再度行かなくてはならなかった。テントが設営されたあとは乾いた海藻を新野営地に運ばせ、たそがれ近くまでそれは続いた。というのも、二度と焚き木が足りないはめにはおちいらない、と彼は誓っていたからだ。ただ、二人の者——どんな危険がひそんでいるかわからないので、たとえ今日のようなうららかな日でも、単独で行動させないようにしていたからだ——を貝拾いに出していた。それが、実に賢明なやり方であったのが証明された。

それというのは、やや日が傾きかけた頃、谷の反対側から悲鳴が聞こえてきた。理由は不明だが、助けを必要としていた。われわれは何事が起きたのかと、黒焦げで水っぽい谷間の右側を懸命に走った。奥側の砂浜にたどり着いたわれわれは、実に信じ難い光景を目にしたのである。ぶ厚く積もった海藻の上を、二人の男がこちらに向かって走ってくる一方、彼らから八から十ヤード足らずの背後に、巨大なカニが迫っていた。ここでわたしは島に来るまえにつかまえかけたとんでもない大ガニを思い出したが、こいつはその三倍以上も大きく、まるで巨大テーブルが追いかけてくるようだった。しかも、怪物的な大きさにもかかわらず、海藻の上をあり得ないほどの速さで——ほぼ横向きに、巨大な片方のツメを十数フィート宙に上げて走ってくる。

不測の事態が起きなければ、男たちは谷間の少しは足もとのしっかりした地面へと逃げこんで、もっと早く走れるかもしれない。なんとも言えないところだが、突然片方の男が海藻の輪に片足をとられて、あえなくうつ伏せに倒れてしまった。次の瞬間には命を失うところだったが、連れの男は度胸があり、男らしく怪物に向き直ると、二十フィートの槍をかざして飛びかかって行った。わたしには出っ張った大きな甲羅のへりの一フィート下をとらえたように見えた。天佑により、男の槍は弱い部分に当たって、ある程度貫入した。この攻撃を受けた巨大ガニはたちまち追跡を止め、槍の柄に巨大な大顎で噛みつき、麦わらを折るよりもたやすく槍の柄をへし折った。そのときまでにわれわれは男たちのもとに駆けつけ、転んだ男はまた立ち上がり、連れに加勢しようと向き直った。しかし水夫長はその槍を引ったくり、前方に跳んだ。カニはもう一人の方を攻撃していたからだ。水夫長は槍でこの怪物を刺すつもりはなかった。そうではなく、突き出した大きな左右の眼をそれぞれ素速く強打した。たちまち巨大ガニは下肢を折って無力にちぢこまり、むやみに、大ヅメを振り立てた。それを見て水夫長はわれわれを後退させた。カニに第一打を加えた男は、格好のご馳走が手に入るのだからと主張して、とどめを刺したがったが、けた外れの大顎に近づけば、まだ致命傷を加える力が残っているからと説得し、水夫長は希望を聞き入れなかった。その後、もう貝拾いはやめさせ、二人には備品から取り出した釣り糸を二本渡し、われわれが野営地を設けた丘の向こう側のどこか安全な岩棚で、釣をさせることにした。そして彼はボートの修繕にもどった。

島に日暮れが訪れる少しまえ、水夫長は作業を止め、焚き木の運搬を終えて近くに立っていた男たちに呼びかけ、さかさまにしたボートの船べりを持ち上げて、満杯になっている幾つかの小型水樽——重量があるので新野営地に運ぶ必要はないと考えられていた——を下に押し入れさせた。さらに水夫長は工作中の補強用当て木も一緒に収め、ボートの船べりを下ろし、その重みでたやすく悪さをされないようすっかり隠した。

そのあとわれわれはただちに野営地に向かった。へとへとに疲れ、夕食がほんとうに待ち遠しかった。丘の頂上に到着すると、水夫長が釣り糸をあたえて送り出した男たちがやってきて、見事な釣果を披露した。今しがた釣り上げたばかりの大物のヒラマサに似た魚だ。水夫長は吟味を加えると、食べられると即断した。そこで彼らは調理に入り、開いてわたを出した。すでに述べたとおり、巨大なヒラマサに似ていないわけではなく、非常に多数の歯を有していた。胃の内容物を見て、その役割がよくわかった。海藻の原野にうようよいたアカイカやコウイカの、丸まった触腕《テンタクル》ばかりだった。岩の上に捨てられた内容物のなかには面食らうほど長くて太いものがあり、頭足類の天敵というべきこの魚は、自分の図体より何十倍も大きな怪物級の獲物に対しても、充分攻撃する能力があると推定される。

このあと、まだ夕食の準備中、数人の男を集め、二本の葦で予備の帆布を張らせた。風除けにするためだった。上では風通しがよくて、ときどき焚火が四方に散らされそうになる。この作業は難しくないことがわかった。というのも、焚火の風上側に面した少し先に、すでに述べたとおりの割れ目のひとつが走っていて、ここに支柱を突っ込むと、たちまち焚火の風除けができた。

まもなく。夕食の準備が整い、魚は食用になるのがはっきりした。もっともやや大味だったが、空腹が満たされると思えばそんな贅沢はいっていられなかった。ここで述べておくが、食糧を節約するため、島にいるあいだずっとわれわれは釣りをしていた。そして、食事が済むと身体を伸ばし、きわめてくったくなくパイプを吹かした。正面を除いて、すべて崖で守られた高みにいたわれわれは、攻撃を受ける心配がなかったからである。しかし、休息としばしの喫煙を終えると、水夫長はすぐさま見張りを立てた。彼は不注意による危険を冒すつもりはなかった。

　この頃になると、すみやかに夜は迫っていた。だが、真っ暗ではなく、あまり遠くないものは視認することができた。そのうち、もの思いにふけりたくなったわたしは、少し一人になろうと、焚火から離れた頂上の風下側のへりへと歩いた。パイプをくゆらせ、つらつら思い巡らしながら、しばし行ったり来たりした。

　暗くなった水平線上に驚くべき荒涼をさらして広がる、海藻と汚濁の茫漠たる荒野を、わたしはあらためて見渡した。そして、異常な繁殖力にからめ取られた船の乗組員たちの恐怖のほどが思われ、連想は夜明けに見た孤立した遺棄船に向かい、その乗員の最期が想像されて、わたしの気持はなお一層暗澹たるものになった。なぜなら、わたしには彼らが餓死したにちがいないと思われたからであり、もしそうでなければ、この孤絶した海藻世界に棲息する魔の生物にやられているからだ。そんなふうに考え込んでいると、水夫長がぽんとわたしの肩を叩いた。そして、いかにも真心のこもった口調で、わたしに焚火の明かりのもとにもどり、心気臭い考えは捨てるよう語りかけた。畏れ入るばかりの慧眼《けいがん》の持ち主で、すでに一、二度陰気な考えにおちいったわたしをたしなめた経験もあり、焚火を離れたわたしにそっとついてきたのであった。これをはじめ、少なからぬ場面を通じて、彼に好意を感じるようになった。ときとして、水夫長のほうも同じだと思えたりもするが、気持を窺《うかが》わせるような言葉は滅多にないとはいえ、わたしの推測どおりであればと願っていた。

　そんななりゆきで、わたしは焚火にもどり、やがて真夜中過ぎまで見張りの順番が来ないのでテントに入り、あらかじめ乾いた海藻の軟らかな部分を広げて整えておいたベッドでしばしの睡眠をとった。

熟睡できたので、水夫長を呼んだ見張りの声も知らず、わたしはたっぷり寝た気がした。しかし、人々の活気で目が覚め、気がついてみるとテントにいるのはわたしだけだった。わたしは慌てて出口へ走り、空に明かるい月が出ているのを知った。これまで二晩、雲に隠れていたのである。しかも、蒸し暑さはどこへやら、風が雲とともに吹き去ってしまっていた。もっとも、これらのことは、まだ寝ぼけまなこで認めたものだ。というのも、一同の行方とテントを出た理由がぴんとこなかったからだ。わけを知りたくて、出入口から歩を進めると、彼らがみなひとかたまりになって、頂上の風下側のへりにいるのをやっと発見した。それを見たわたしは口をつぐんでいた。なぜか彼らは沈黙を破ってほしくないだろうと思ったからだ。その代わり、わたしは一同のもとに駆けつけ、いったいどういうわけで彼らを起こしたのか、水夫長にたずねた。すると彼は、答を口に出すかわりに、茫漠たる海藻大陸を指差した。

それを受けて、わたしは月光に照らされたこの世ならぬ海藻の広がりを見つめたが、つかのま、彼が示したものがなんなのかわからなかった。やがて、ふっと目に飛び込んできたものがあった。――人外の荒野に小さな灯りがある。しばし面食らいつつ目を凝らした。するとわたしは急に海藻のなかに孤立した遺棄船の光を見たのを思い出した。乗員は船と運命を共にしたはずだから、わたしが悲しみと畏怖を覚えて眺めたあの夕べと同じだ。――そしていま、光を注視すると、どうやら船の後部船室のものらしい。だが、月光も荒野を背景にした船体の輪郭を明らかにしてくれるほどの力はなかった。

このときから日の出まで、われわれは眠らなかった。そして、焚火を盛んに燃やし、興奮と驚きに満ちて炎を囲み、光がまだ見えているかどうか、定期的に立ち上がって見に行った。わたしが目撃してから、およそ一時間後に光は消えた。しかし、われわれの野営地から二分の一マイル足らずのところに、誰か人がいるのは確かだ。

そしてついに、日が昇った。

11　船からの合図

はっきり見えるようになるとすぐ、われわれは丘の風下側の崖っぷちに行き、遺棄船――いまやそれどころか、搭乗者のいる船だが――を見下ろした。しかし、二時間以上眺めても生き物のいるしるしは見つからなかった。われわれもかつてはもっと冷めた気持だったので、大型の上部構造に船がすっかり取り囲まれているのを見ても、それが特別なことだとは考えなかったのだが、不可思議な島や海域にしばらくいて、孤立と恐怖が骨身に応えているので同胞に会いたいという思いばかりが先走った。そういうわけでじっとこらえて辛抱するなどとうていできず、あちらの廃船の乗員になんとしてもわれわれの存在を報せようとした。

だからついに眺め疲れたわれわれは、一斉に叫ぶことにした。水夫長《ボースン》の合図で声を揃えて大音量にすれば、風に乗って下の船まで届くはずだった。しかし、何度となく叫び、充分届く音だと思われたが、船からはなんの返事もなく、ついにあきらめて呼びかけを止めた。そして、船内の者にわれわれの存在を気づかせる新たな方法について考えた。

しばらく話し合い、それぞれ案を出したが、どれもわれわれの目的を達成しそうもなかった。

そのうち、谷間の火災によって、島に自分たち以外の人間がいるという事実に彼らが目覚めなかったという経緯に、われわれは大きな疑問を抱きはじめた。なぜなら、もし気づいていたなら、われわれの注意が向かうのをいまかいまかと待ち構えて、彼らは持続的に島を見張っていたにちがいないからだ。いや！　それどころか、われわれが偶然にでも船の方を見る瞬間に備えて、上部構造部に吹き流しでも泳がせるか、応答の火をたくなどしないのは理屈に合わない。しかし、むしろ逆に彼らはわれわれの関心を避けようとしているとさえ見える。つまり、昨夜に目撃した光は、目的があっての点灯ではなく、むしろ偶然によるものだというわけだ。

そして、われわれは朝食に向かい、たらふく食べた。徹夜のせいで食欲は底なしだったにもかかわらず、孤立した船の謎に心を奪われていて、胃袋を満たすためにいったいどんなものを食べたのか誰もわからなかっただろう。というのも、ある見方がまず提出され、やがてそれが論破されて、またべつの見解が持ち出される。そんなふうにしてしまいに何人かの者たちは、あの船は海藻大陸の魔物の所有に帰するとまで述べて、人間など住んでいないのではと疑う始末だった。この説がとなえられると、われわれはひどく気まずい沈黙におちいった。それはわれわれの希望に冷や水を浴びせるものであるばかりか、もうすでに充分すぎるほど味わった恐怖に新たな可能性をつけ加えるものに思われたからだ。

すると水夫長は、突然恐怖にかられたわれわれを軽蔑してあっさり一笑に伏した。そして、それこそまさに、船上の人々が谷間の大火災によって恐怖におちいったのと同じことで、彼らがあの火を見たら近くに同胞や友がいるしるしだと受け止めるべきだと決めつけるのと変わらない態度だと指摘した。というのも、と彼はさらに問いかけた。海藻大陸にどんな獰猛な生物や魔物がいるかわかったものではないだろう？　もしわれわれですらあの海藻中にはとてつもない怪物がいると疑う理由があるとすれば、何年となくあんなふうに取り囲まれてきた彼らは、こちらが足もとにもおよばないほど、さんざんな目にあってきたはずだ。だから——と彼はさらに言葉を続けて、問題を明確にした——彼らは島になにかが来たのは充分気づいていると仮定できる。しかし、彼らは自ら姿を示すにはなお相手の確認が必要だと判断しているのであって、だとすれば彼らが名乗り出る気になるまでわれわれは待たなければならないと。

水夫長の意見を聞き終えると、われわれはみな大いに励まされた。彼の演説はきわめて筋が通ったものだったからだ。それでもなお、われわれを悩ませる多くの問題点は残っていた。ある者は、これまで彼らの灯りを目撃せず、昼間にも調理の煙すら見えなかったのはあまりにも不自然ではないか？　という疑問を提した。しかし、これに水夫長は答えて、旧来の野営地は視界がかぎられ、海藻世界さえろくに見えず、まして遺棄船など論外だったからだと述べた。しかも、われわれが反対側の浜と行き来した際には、そこからは大きな上部構造しか認められない廃船を見ることよりも、当座の問題で頭がいっぱいだった。そのうえ、先日までは高いところには一度しか登っておらず、さらに現在の野営地のテントから遺棄船は見えない。視界にとらえるには、われわれは風下側の丘のへりに寄る必要があったと述べた。

そうして朝食が終わり、われわれは全員、廃船に生活の気配があるかを見に行ったが、一時間してもわからずじまいだった。それゆえ、これ以上時間を浪費するのはばかげているので、水夫長は丘のへりに一人を残して見張らせ、沈黙の船からも姿が見えるところに居続けるよう厳格に指示した。そして、ボートの修繕を手助けさせるため残りの者を連れて下へ向かった。

以来、一日中彼は交替で見張りを置き、廃船からなんらかの合図があったら手を振るよう指示していた。しかし、見張りを除くと全員を慌しく働かせた。ボートの近くに起こさせた焚火のために何人かに海藻を運ばせ、一人には彼が取り組む補強用の当て木の湾曲や固定を手伝わせた。また漂着したマストから、短い鉄棒製（きわめて珍しいものだが）の檣楼下静索《ハトックシュラウド》を取り外させるために二人を派遣した。二人が運んで来ると、彼はわたしに命じて火中で熱し、片端を真っ直ぐに打ち延ばした。それが済むと、わたしに竜骨のあらかじめ印をつけてあったところに鉄棒を当て、焼いて穴をあけさせた。そこにボルトを入れて補強用の当て木を留めるつもりだった。

その間も、彼は補強用の当て木の形を整え続け、望みどおりぴったり寸分の狂いもなく作り上げた。しかも終始彼は各人に休みなく大声で指示をとばし続けていた。そのようすから、航海に耐えられるようにボートを修繕する必要性とはべつに、彼は人々を忙しくさせようと望んでいるのにわたしは気づいた。というのも、ほとんど指呼の間に同胞がいるとの思いが一同を興奮状態にしているので、なにかをやらせていないと、充分な統制を保ちにくくなるからだった。

さて、そうかといって水夫長はわれわれの興奮ぶりとは無縁であると早とちりしてはならない。なぜなら、見張りからの合図があるかもしれないので、彼が遠い丘の頂に時々視線を送っているのをわたしは知っていたからだ。しかし、朝は過ぎようとしても、船内の人々が見張りに向けて自分たちの存在を示したという合図はなく、われわれは昼食に上がった。食事中、ご推察のとおり、われわれは乗船者の行動の奇妙さについて二度目の議論をたたかわせた。しかし、朝に水夫長が加えた説明以上に納得のいく意見は出ずじまいで終わった。

やがて、われわれはとても心地よくパイプをくゆらせて休息した。もとより水夫長は暴君ではなく、われわれはその命令に従って立ち上がり、また砂浜へと降りようとした。しかしこのとき、丘のへりへと走った一人が廃船をぱっと見て叫んだ。大きな上部構造物の四分の一以上が外され、もしくは後ろに押しやられ、そこに一人の姿があった。肉眼で見たかぎりでは、どうやら携帯用望遠鏡で島を観察していると思われる。この報せに接したわれわれの興奮ぶりを伝えるのは難しい。われわれは彼の報告が本当か、自分の目で確かめたくて駆け寄った。間違いなかった。離れているので遠くに小さくではあったが、人影がはっきり確認できた。彼がこちらを見ているのを一瞬のうちにわれわれは知った。その証拠に彼は急になにかを振りはじめた。どうやら携帯用望遠鏡を滅多やたらに振りまわし、とんだり跳ねたりしているようだ。

しかし、われわれの側も負けず劣らず興奮していたのは疑いない。いつの間にか一同に合わせてわたしも狂ったように叫んでいたばかりか、両手を振りまわし、丘の頂上のへりを行ったり来たり走りだした。すると、廃船の人影が消えてしまったが、間髪をおかずに十数人を引き連れてもどった。そのなかには婦人もいるようだった。しかし、遠いため確定はできない。いまやその全員が頂上にいるわれわれを見上げている。われわれの姿は空を背景にくっきり認められるにちがいない。すぐ熱狂的に手を振りはじめたので、われわれも手を振って答え、しわがれ声を張り上げて届きもしない挨拶を叫んだ。しかし、このじれったい手立てで感激を伝えるのに、われわれはすぐ疲れてしまい、一人が四角い帆布を持ち出して、風にひるがえるまま彼らに振ってみせた。べつの一人が新たな帆布で真似し、三人目は小さいのを円錐形に巻き、トランペットのような拡声器にした。もっとも、その程度で声が届く助けになるとは思えなかった。わたしはといえば、近くの焚火にくべてあった竹のような性質の葦の長いやつをつかんで、きわめて勇ましい見世物を行なった。孤立した船のなかで世界から隔絶されてしまったこの哀れな人々を発見したわれわれの心の高揚が、いかに大きく掛け値ないものであったかはわかってもらえただろう。

　やがて、ふとわれわれは気づいた。彼らは海藻のただなかにいて、われわれは丘の頂上にいるわけで、そのあいだを乗り越える手段がないのだと。そしてこの件について、われわれは廃船内の人々の救助を果たすにはどうすればよいか鳩首凝議した。しかし、試案さえろくに出てこない始末だった。たとえば、ある者が救命索発射器で沖の船にロープを投じるのを見たことがあると語ったが、これは参考にもならない。われわれに救命索発射器はないからだ。しかしそこで、この男は船の側にはあるかもしれず、だとすればあちらからわれわれにロープを投じることができるだろうと声を強めた。それを受けてわれわれは彼の発言について考えてみた。というのは、もし彼らが発射器を所有していれば、もっかの難問は解決されるかもしれない。しかし、彼らにあるかどうかを確認するばかりか、さらに発射の要請をどう伝えればいいのかを考えると、われわれははたと困惑した。

　しかし、ここで水夫長は助け舟を出してくれた。一人の者にただちに何本かの葦を焚火で黒焦げにするよう命じ、他方で彼は予備の帆布を一枚、岩の上に広げた。それから焦げた葦の一本を持ってくるようどなった。そして、これを筆代わりに、順次新しい葦を要求しつつ、帆布に質問を書いた。やがて書き終えると、その帆布の両端を持ち、船の人間に見せるよう二人の男に命じ、こんな工夫でわれわれの意志を伝えさせた。するとまもなく、船の何人かがいったん去ってほどなくもどり、"否"と記したひどく大きくて正方形の白いものを掲げてわれわれに示した。そして、ここに至り、船内の人間をどう救出したらよいかふたたびわれわれは途方に暮れてしまった。というのも、突如として、われわれの最大の願望はこの島からの脱出ではなく、廃船内の人々を必ずや救出するというものに変わったからで、実際、われわれの意志がそこになければ、われわれはまぎれもない人でなしになってしまっただろう。しかし、この重大なときに、われわれの心中には、いまこちらを眺めている人たち、かくも長く異邦に住まう人々を、いま一度人間の世界に復帰させたいという一念しかなかったのを伝えられるのは、わたしの喜びだ。

さて、先に述べたとおり、廃船内の人々のもとへ行くにはどうすればよいか、ふたたび途方に暮れてしまった。われわれは妙案を求めてみなで立ったまま語り合い、ときに振り返り、心配そうにこちらを見守る人々に手を振った。しかし、しばらく経ってもこれという救出案が出てこない、そんな折、わたしにある考えが(たまたま救命索発射器で廃船にロープを射ち込む話に触発されて)生まれた。城内から美女を逃がすため、恋人が似た装置を用いる話をわたしは本で一度読んだことがあった。ただし、本の設定では救命索発射器の代わりに弓が用いられ、ロープの代用にヒモが使われ、ヒモに結ばれたロープを美女が引っ張り上げる手筈になっていた。

そこでわたしは、救命索発射器の代わりに弓を用いることが可能な気がしてきた。ただし、弓を作る素材を見つける必要があった。そこでわたしは竹に似た葦の一本を取り、弾力性を試してみると、しなり具合は上々であった。これまでわたしが葦と述べてきたこの風変わりな植物は、外観を除けば葦とはまったく異なっており、驚くべき丈夫さと木質の備わる点で竹の特質をはるかに上まわるものであった。さて、その弾性を確認したわたしは、テントへ行き、備品のなかから、丈夫そうな糸を見つけて切り、これを用いて葦の弓を大ざっぱに作った。それから若くて細い茎が切り残されていた葦を近くに見つけ出し、広くて硬いその葉を羽根に用いた矢を作った。そしてわたしは頂上の風下側のへりにいる一同のもとへもどった。

武器を手にしたわたしを見て、彼らは妙な冗談をわたしがやらかすのかと思って笑う者もいた。しかし、意図を説明すると、彼らは笑うのを止めたが、首を振ってそいつは時間の無駄だと否定した。というのは、こんなに遠くては火薬の力以外届くはずがないというのである。そして、彼らは水夫長をふたたび囲んで、相談中だったらしい話にもどった。わたしはしばし口を出さずに話を聞いた。すると、充分な修繕が済みしだいボートを出し、海藻中の船まで行けるようにする――つまり海藻の原を切り拓いて、細い運河を作るよう何人かの者が提案しているのであった。しかし、水夫長は首を振り、巨大なタコやカニ、あるいはもっと恐ろしいものが海藻に隠れているのをあらためて指摘し、それがもし可能であるなら、あの船の乗員がとっくの昔にやっているにちがいないと言った。それを受けて、的外れな案への熱中に冷や水を浴びせられた彼らは押し黙った。

さてちょうどその折り、水夫長の主張を裏づけることが起きた。突如、一人の男が見てみろと叫んだ。われわれが急いで振り返ると、上部構造部の開放部で人々が騒然となっていた。あちこちへと走りまわり、何人かは開放部の自在板を押している。するとたちまち、彼らの動揺と大慌ての理由がわかった。船首付近の海藻に乱れが生じ、次の瞬間巨大な触手が開放部のあったあたりへと伸び上がった。しかし、扉は閉められ、廃船の乗員は無事だった。この出現にわたしの近くにいたボートの使用を提唱した人々ばかりか、ほかの人も巨大生物への恐怖に叫びを上げた。ボートによる救出では、廃船内の人々は永久に出られないとわたしは確信した。

さて、わたしの要求を押し通すにはいまが好機であると考え、自案の可能性を水夫長に狙いを定めてふたたび説明しはじめた。読書で知った古代の強力な飛び道具について語った。男二人と同じ重量の石を四分の一マイル以上投擲《とうてき》できるものもあり、さらに槍や大矢をそれよりさらに遠くに飛ばす巨大な石弓さえ持っていたのだ。すると彼は初耳だと述べてひどく驚いたが、そんな武器をわれわれが作れるかは大いに疑問をもっていた。しかしわたしは、用意はあると彼に述べた。というのは、頭のなかには明確な腹案ができていて、さらにわたしは、風を味方にできると指摘した。こちらは大いに高さがあって、手前の海藻に落ちたりせずにこの距離を矢で飛ばせると言った。

そしてわたしは丘の頂上のへりに歩み、彼に見るように指示し、弓に矢をつがえ、つるを引きしぼって放った。すると風にも乗り、標高にも助けられ、矢は海藻の上をおよそ二百ヤードちかく飛行した。これは廃棄船へ必要な距離の約四分の一にあたる。これを受けて、水夫長は、わたしの案に軍配を上げた。しかし、ヒモがついていたら、もっと手前で矢は落下するだろうと指摘した。これには同意したが、弓と矢は急ごしらえであるし、わたしは射手の素人にすぎないと述べた。しかし、彼の手助けと、人々への協力を命じてくれさえすれば、廃船を越えて矢を投じる弓を作り上げるとわたしは約束した。

いま、より広範な知識に照らして考えると、わたしの約束はいささか性急にすぎるものだった。しかし、わたしには自案への自信があり、なおかつ本当に実現できるかぜひ試したい思いがあった。夕食での多くの議論をへて、わたしにまかせることが決定された。

12　大弓の製作

島での四日目の夜は、はじめて平穏に過ぎた。廃船の灯火が海藻のなかで光ったのは事実だが、すでに船上の人々と多少は知り合ったわれわれは、もはや興奮するわけでもなく、じっくり見たりもしなかった。魔物がジョブの命を奪った谷間の方は、きわめて静かに月光のもとでその荒廃をさらしていた。というのも、見張り番のあいだわたしは必ず見まわるように心がけていたのだが、動きもない谷は、とても不気味で不愉快な連想をかきたてるので、なるべく考えないようにしていた。

これは魔物の恐怖から解放された二晩目だった。だから大火がやつらにわれわれへの恐怖心を植えつけ、追い払ったのだとわたしは思ったが、その真実のほどを、あるいはこの考えの間違いをのちほど思い知らされることになる。

さて、白状せねばならないが、谷間を暫時眺めに行き、海藻中の灯りをときどき見つめるのを除けば、わたしの関心はもっぱら大弓の計画に向かっていた。そんなふうに時間を過ごしていたので、交替したあとには各部分の詳細な下案ができており、したがって、朝作業がはじまりしだい、各人になにをさせるかよくわかっていた。

やがて朝になり、朝食を終えると、大弓の製作にかかり、水夫長《ボースン》は男たちをわたしの監督下に入らせた。まず第一に果たすべき仕事は、ボートの補強用の当て木にするため水夫長が二つに裂いた中檣《トップマスト》の放置された半分を頂上へ荷揚げすることだった。この目的のために、われわれは全員で頂上から降り、漂着物のある砂浜へ向かった。そして利用する予定の木材を丘の直下へと運んだ。そうして一人を頂上へ送り、ボートの海錨《シーアンカー》に使用したロープを上から垂らさせた。材木にその端をしっかり結びつけると、われわれは頂上にもどり、ロープの端に取りついて、非常な苦労ののち、頂上へと引き上げた。

次にわたしがやりたかったのは、材木の裂いた面をなめらかにすることで、これは水夫長がやり方を心得ていた。彼がその仕事をこなしているあいだ、わたしは数人の男たちを連れて葦叢に行き、多大な注意を払い、弓の材となる最良のものを選択した。次になめらかで真っ直ぐな、大きな矢の材にするものを何本か切った。これらを持ってわれわれはまた野営地にもどり、わたしは作業にとりかかり、葉を落として茎をきれいに整えた。そして、あとで使うため、葉を保存した。次に十数本の葦を取り、すべて二十五フィートの長さに切り揃えた。それから、弦を張るための切り込み、弓筈《ゆはず》を入れた。その間、わたしは二人の男をマストの漂着した浜に送り、麻の横静索《シュラウド》を二本切断して、野営地に運ばせた。彼らがもどると、横静索の撚《よ》りを解く作業にかからせた。そうすれば、外側を保護するタールや黒色塗料の下の良質な白い紡ぎ糸が採れる。ほぐしてみると、非常に上質かつ傷みがないのがわかったので、二人に三本撚りの組みヒモ《センニット》にするよう指示した。これを幾つかの弓の弦にするつもりだった。さて、わたしが幾つかの弓としたのにお気づきだろうが、それはこういうことなのである。わたしの初案では、十数本の葦を固く結んでひとつの大弓を作るつもりだった。

しかし、よく考えてみると、これは貧弱な案だとわかった。というのも、それぞれを糸で強く結束すると、弓が解放されるときの活力と反発力が相当削がれてしまうからだ。これを未然に防ぎ、さらに弓を曲げるのをどのようにするかが、当初、わたしにとって悩みの種だった。だからわたしは十二の弓を個別に作ることにした。台木の先端に次々と弓を重ねてしっかり固定すると、ひとつの垂直面に全部が収まるので、この方法ならすべての弓を一本ずつ引くことが可能となる。各弓の弦をすべらせて留めの切欠きまで引き絞り、そのあとに中央部で十二の弦を一本にきつくまとめて大矢の矢筈につがえれば、一本の弦と同じことになる。これをすっかり水夫長に説明すると、わたしが製作しようとしている弓を絞るにはどうすればよいか頭を悩ませていただけに、この方法なら難題が解けると大層喜んだ。そしてもうひとつ、弓を曲げること以上の難問、弓へ弦を張る点に関しても、さもなければひどくぶざまな手際をさらけだすはめになっただろう。

やがて水夫長から台木の表面は充分なめらかで均一になったと声がかかった。そこでわたしは彼のもとに行き、今度は台木中央の端から端まで細い矢溝を焼き削ってくれと頼んだのだが、わたしは厳密な正確性を求めた。というのも、矢の飛行の堅実性のほとんどは矢溝にかかっているからだ。そしてわたしは自分の作業にもどった。まだ弓の弦を留める弓筈の加工が終わっていなかった。やがて両端ができると、組みヒモ《センニット》をもらい、一人の手を借りて一本の弓に弦を張った。

出来映えを試すと、とても弾力性があり、しなり具合も強固で、わたしの意図したとおりの仕上がりとなり、非常に満足した。

やがて、矢が運ぶヒモに取りかかる人員をなんとか割かなければならない段階となった。わたしはすでにこれも白い麻の紡ぎ糸で作ると決めていた。軽さが必要なので、紡ぎ糸一本でも充分だとわかっていたが、強度に余裕を持たせるため、紡ぎ糸を二本に割き、それを綯《な》って一本にするように言った。この方法により、非常に軽量でしっかりしたヒモが得られた。もっとも、すぐに完成したと思われては困る。なにせ、二分の一マイルの長さが要るのだから、実際に仕上がったのは、弓よりもあとになった。

いまやすべてが順調に運び、わたしは一本の矢の製作に専念しはじめた。というのは矢のバランスと正確さに成否の多くがかかっていることを知っていたので、わたしの腕で作れるかどうか不安があったからだ。結局、上々の仕上がりとなり、ナイフで真っ直ぐなめらかに削って葦の葉で羽根をつけると、先端の働きをよくするため、矢尻に小さなボルトを挿し込んだ。バランスを保たせるつもりで入れたのだが、これについてわたしが正しかったかどうかはなんともいえない。しかし、わたしが矢を完成させるまえに、矢溝を刻み終えた水夫長に呼ばれた。会心の出来かもしれないと言われたが、そのとおりだと同意した。素晴らしくきれいに仕上がっていたからだ。

さて、わたしはもっぱら大弓製作について取り急ぎ説明してきたので、時間経過をはしょってしまった。途中、われわれは遅い昼食を摂り、廃船の人々が手を振って、われわれも振り返し、帆布に一語〝待て〟と書いた。そして、なかでも迫り来る夜に備えて焚き木を集めたのである。

そして、夜がやってきたが、われわれは作業を止めなかった。水夫長は第二の焚火を盛大にたくよう男たちに命じ、以前からのものと合わせ、長時間仕事を続けた。といっても、仕事は面白く、あっという間に感じられた。だが、ついに水夫長は仕事を止め夕食を準備するよう命令した。夕食が済むと、彼は見張り番を決め、それ以外は疲れ切って、床についた。

前夜の疲労にもかかわらず、交替の順番が来て前任者に起こされたとき、わたしは元気一杯ですっきり目が覚めた気がした。前夜同様ほとんどの時間、大弓の完成に向けた自分の計画を再検討して過ごした。そして、わたしは台木の先端に弓の中央部を横向きに並べて留める方法を最終決定した。そのときまで、幾つかの方式のなかでどれを採るか迷いがあった。ようやくたどり着いた結論は、のこぎりで挽いた台木の先端部に十二本の横溝を削り、弓の中央部を、先に述べたとおりその溝に順次はめてゆき、台木の両横に埋めたボルトに糸でしっかり結びつけて固定する。これはわたしにとって満足すべきアイディアだった。こうすれば弓はしっかりするし、作業も大きな困難をともなわないからだ。

さて、わたしは見張り番のさなか、前例のない大弓の細部について考え、多くの時間を費やしたとはいえ、見張り本来の責任を果たさなかったと思われては困る。というのは、危急の事態にいつでも対応できるよう、直刀《レピアー》を握って丘の頂上をたえず歩きまわっていたからだ。しかし、わたしの番は実に平穏に過ぎていった。ただ一度だけ、少しのあいだわたしを不穏な思いにさせるものを見たのも事実である。次のような次第であった。――丘の上の谷間側にせり出した部分に来たとき、わたしはなに気なくへりまで進んで見下ろした。すると月はきわめて明かるく、谷の荒廃したさまがはっきりと見えた。覗いたとき、谷に燃え残る、しなびて黒ずんだキノコのあいだで、動くものが見えた気がした。しかし、それが荒廃した谷のまがまがしさがわたしにもたらした、気まぐれな夢想にすぎなかったのか、確かめるすべがなかった。不確かな月影のいたずらにわたしがだまされたというほうがありそうだった。しかし、疑念をはっきりさせるため、後方へもどって投げやすい大きさの石を探し、これを手にすると短い助走をとり、動きがあったと思われた地点を狙って谷間へと投げた。たちまち、なにか動くのがちらりと見え、続いて右手でなにかべつのものが揺れ動いたので、わたしはそちらに目を移したが、なにも見つからなかった、そこでまた石つぶてで狙った茂みに視線をもどすと、その近くの水垢の浮いた臭い池が揺れて波紋を立てた、もしくはそう見えた。しかし、次の瞬間、すべては疑わしく思われた。なぜなら、じっと見つめていても、まったく静かだったからだ。そのあと、しばらくのあいだ、きわめて注意深く谷間に視線を向けたものの、わたしの疑念を立証するようなものはなにも見つからず、ついにあきらめてしまった。空想癖がつくのが怖くなり、頂上の海藻を見渡す側へと移ってしまったのである。

　そのうち、わたしは交替し、朝まで眠りにもどった。翌朝、われわれは急いで——大弓の完成を見るのが全員待ち遠しくてならなかったので——朝食を摂り、それぞれに割り当てられた仕事に取りかかった。水夫長とわたしは、台木の端の切断面に、弓をはめてきつく結ぶ予定の、十二条の横溝を刻む作業にかかった。われわれはこれを檣楼下静索《ハトックシュラウド》の鉄棒の中央部を赤熱させて両側から（それぞれ帆布で手を保護し）持って、横溝が深く正確に焼けるまで当てがった。焼いて深い溝を刻む必要があったので、この作業に午前中一杯かかりきりになった。この間に弓の弦にする組みヒモがほぼ完成に近づいた。しかし、矢に付けて飛ばすヒモの作業は半分ほどしか出来ておらず、組みヒモ係から一人を外してこちらの人手を増やした。

昼食が済むと、水夫長とわたしは弓を台木の頭の溝にはめ込む仕事にかかった。それが完了すると、先端から十二インチ入った台木の左右の側面に埋め込んだ、各十二個、全二十四個のボルトに糸でしっかり結びつけた。このあとわれわれは弓を曲げて弦を張る作業に移った。一番下から順にはじめたので下のものにきっちり合わせて曲げるのに細心の注意を払った。そして、日没前、この部分の仕事は終了した。

ところで、前夜、二つの焚火を燃やして焚き木を使い果たしたので、水夫長は作業を止めさせるのが賢明であると考え、全員を丘の下に降ろし、新たな乾いた海藻と葦の束を持って上がらせた。われわれがやっと頂上にたどり着くと同時に島にたそがれが訪れた。また前夜同様、第二の焚火を燃やすと、まず夕食を済ませ、そのあと作業を再開し、矢に運ばせるヒモをみなにつくらせる一方、水夫長とわたしはそれぞれ新たな矢の製作に取りかかった。というのも、到達距離や正確な狙いを定めるためにも、一、二本の試射が不可欠だとわたしは判断したからだ。

しばらくして、夜の九時頃、水夫長は作業を切り上げるよう全員に命じ、見張りの順番を定め、われわれはみな眠るためテントへ入った。風があったので、テントのなかはとても快適だった。

その夜、見張りの番がまわってくると、わたしは谷間を覗いて見るようにした。しかし、三十分のうちに間隙をおいて覗いたものの、前夜のような想いにわたしを誘うものはなにも認められなかった。したがって、哀れなジョブを亡き者にした魔物にこれ以上われわれが悩まされる恐れはないという確信が芽生えはじめた。しかし、見張り番の最中に目にしたひとつのことは記録しておく必要がある。もっともこれは谷間側ではなく、丘の上の海藻大陸を見下ろすへりからであり、その島と海藻とのあいだに横たわる開けた海面でのことである。わたしが、そちらを見ていると、何頭もの大きな魚が海藻の大陸に向かって島から斜めに泳いでいた。一列にきわめて正確な線を描いている。しかも、ネズミイルカやゴンドウクジラなどのように波を立てない。こう述べたからといって、不明瞭な視界でなにかきわめて異常なものを見たと想像されるべきではない。わたしはそれがどんな種類の魚か不思議に思ったにすぎない。月の光のもとでぼんやりと見たかぎりでは外形が変わっていて、尾を二つ有し、水面直下に触腕が一瞬認められた気がするのだが、確かめるすべはなかった。

翌朝、急いで朝食を済ませ、それぞれ自分の仕事にまた取りかかった。というのも、昼食までには大弓を稼働させたいとわれわれは望んでいたからだ。まもなく水夫長は矢を仕上げ、わたしのもその直後に完成した。そんなわけで、矢のヒモを除けばわれわれの仕事はすべて整った。あとは大弓を据えるばかりで、こちらは数人の助けを借り、海藻側を見下ろす丘のへり近くに、石で平らな床をつくる作業に取りかかった。床の上に大弓を据えると、手伝いの男たちをヒモ作りにもどし、われわれ二人は大弓の狙いを定める作業に入った。台木の中心線に沿って水夫長が焼き削いだ矢溝に視線を合わせ、廃船の先に真っ直ぐ狙いをつけて方角を定めた、次に切欠きと引き金の準備に取りかかった。切欠きは発射前の絞った弦をおさえる箇所であり、引き金は切欠きの直下の横面にボルトで留めた可動式の細長い板で、定位置から上へ押し上げると、弦が外れて矢が発射される仕組みだ。この部分の細工にはあまり時間を取られずに済んだので、まもなく最初の試射の準備が整った。そこでわれわれは弓をつがえてゆく作業に取りかかった。一番下の弓の弦を引き絞って切欠きに入れ、順次上の弓に移って同じことを繰り返し、すべてセットした。それから、矢溝に注意深く矢を置いた。次にわたしは紡ぎ糸を二本出し、切欠きの両側で弦をそれぞれ糸で巻いて堅く締めくくった。これで弦はすべてが一斉に働いて矢筈を跳ね飛ばす。かくして、発射のためのすべての準備が整った。そこでわたしは引き金の上に片足を乗せ、水夫長に矢の飛行をよく見るよう声をかけて足を踏み込んだ。次の瞬間、ブワーンというすごい音がして、石の床の上で大きな台木が揺れ動き、弓の弾性が解き放たれて、投じられた矢は上方へ壮大なる弧を描いて遠ざかった。われわれがどれだけ強い関心をもってその飛行を見守ったか、察してもらえるだろう。一分ほどして、軌道は右にそれすぎたのがわかった。矢は廃船をそれた先——距離は足りているが——の海藻に落ちたのである。この成果に、わたしは誇りと歓喜を爆発させたい気持になった。そしてこの試射を見るために前方に集まった人々から、わたしの成功に歓呼の叫びが上がった。一方、水夫長はわたしの肩を二度叩いて誉め、みなに負けじと歓声をあげた。

だから、狙いさえ正せば、廃船の人々を救助するのも、あと一日から二日の問題とわたしには思われた。廃船にひとたびヒモが届けば、それを使って細いロープを通わせて、さらに太いロープに替えられる。これを可能なかぎり強く張って、滑車つきの椅子を吊って行き来させれば、船内の人々を島へ連れてこられるのだ。

さて、大弓が難破船まで実際に届くとわかったので、次の矢の試射を急いだ。しかし、同時に男たちにはヒモ作りにもどるよう促した。早急に必要となるはずだった。やがて、弓の狙いをさらに左にして、弦をひとつに固く締めくくった糸を外してから一本ずつ引き絞り、ふたたび大弓をセットした。そして、矢溝に真っ直ぐ矢が入ったのを確認すると、あらためて弦を糸でゆわえ、ただちに発射した。今回、とても喜ばしくまた誇らしくも矢は素晴らしく真っ直ぐに船に向かって飛び、上部構造を越えて、船体の陰に落ちて見えなくなった。この結果を受けて、わたしは昼食のまえに廃船にヒモを飛ばしたくてたまらない気持になったが、まだ撚り糸を綯う作業が終わっていなかった。胸の前で両腕を広げて、水夫長が測ったところでは、九百ヤードしかなかった。そのため、われわれは昼食を大急ぎで済ませた。食後、全員がヒモ作りに従事し、およそ一時間かけて充分な長さまで延ばした。わたしとしては、千ヤード以下なら発射するのは賢明でないとの心づもりでいたからだ。

ヒモが充分な長さに出来上がったので、水夫長は一人の男に弓の脇の岩上でそのヒモがからまないよう細心の注意をはらって8の字形に絡《わが》ねさせる一方、自身は心配な部分をすべて点検し、まもなく準備は整った。ヒモがほどけやすいように絡ねているあいだに弓をセットしておいたわたしは、矢にヒモを結びつけ、すみやかに発射の用意を済ませた。

さて、午前中ずっと廃船では上部構造物のへりから頭だけ出して、一人の男が携帯用望遠鏡を使ってわれわれを観察していた。二度の試射を通じてわれわれの意図に気づいていた男は、水夫長が三度目の発射用意ができたのを手で合図するとそれを理解して携帯用望遠鏡を振って返事をすると頭を引っ込めた。それを受けてわたしはまずヒモに目をやって異状のないのを確認し、心臓が高鳴り、鼓動が早まるなか、引き金を踏み込んだ。するとたちまち矢は加速した。しかし今度は、明らかにヒモの重みのせいで以前とは打って変わって飛ばなくなり、矢は廃船の手前二百ヤードほどで海藻に落下した。わたしはこのていたらくに、腹立たしさと落胆で泣けてきそうだった。

実射が失敗すると、水夫長は慎重を期してヒモを手繰《たぐ》るよう、すぐさま男たちに呼びかけた。矢が海藻にひっかかってヒモが切れてはまずいからだ。そしてわたしのもとに来ると、手前で落ちてしまったのは、矢が軽かったためかもしれないので、ただちにもっと重いものを作るべきではないかと提案してきた。それを聞いてわたしにはふたたび希望が生まれ、すぐさま新しい矢の準備に取りかかった。水夫長も作業にかかったが、失敗した矢よりも軽いものを目ざしていた。というのは、彼によると、重いほうが届かずに落ちたとしても、逆に軽ければ成功するかもしれない。もしも、どちらもだめなら、大弓にはヒモを運ぶだけの力がないという結論になるわけで、その場合、なにかべつの手法を試みるほかないだろうと。

さて、約二時間後、わたしの矢は出来上がった。水夫長の方も直前に完成していたので、われわれの準備は整って(男たちはヒモを全部手繰って、8の字形に絹ねてあった)、廃船越えの新たな試みを待つばかりとなった。しかし、二度目の実射も失敗し、成功の望みはすっかり薄らいだと思われた。ところが、まったく試す意味もなさそうだったのに、水夫長は軽い矢で最後の発射をすると主張して譲らず、やがてわれわれはふたたびヒモの用意を整え、難破船めがけて発射した。だが、今度はみじめな失敗に終わり、こんな無用の長物は焚火にくべて燃やしてくれと、わたしは水夫長に声を荒らげた。わたしはこの失敗にすっかり落ち込んで礼儀正しく喋ることができなかった。

水夫長はわたしの気持をくんで、いったん廃船にかかわることを止めろと怒鳴り、焚火にくべるための葦と海藻を集めさせるため全員を丘から降ろさせた。もう夕暮れが迫っていた。われわれはこの作業をこなしたが、みな気分はふさいでいた。成功の寸前まで行ったと思われたのに、いまでは以前より目標が遠ざかった感じだった。そして、しばらくして、たくさんの焚き木を運び上げると、水夫長は海に張り出した岩に二人の男を送り、夕食用の魚を釣るように命じた。そしてわれわれは焚火のまわりに坐り、どうやって廃船の人々に近づくべきか相談をはじめた。

しばらくはこれという妙案も出なかったが、そのうちにちょっとしたアイディアがひらめいたわたしは、小型の熱気球を作ったらどうだと出し抜けに声を上げた。それによってヒモを上空から彼らに届けられるのだから。すると、焚火を囲んだ男たちはしばし沈黙した。思ってもみなかった発想だったので、発言の意味するものを理解するのに時間を要したのである。まもなく、その概要をつかむと、ナイフを使った槍作りを以前提案した男が、だったら凧だってかまわないんじゃないかと大声を上げたので、わたしは面くらってしまった。これほど単純で当を得た手段はかつて思い浮かばなかった。確かに凧を用いればヒモを浮かせて届かせるのはさほど困難ではないだろうし、製作自体も容易であろう。

なので、相談はすみやかにまとまり、翌日には凧を作って飛ばし、廃船にヒモを届けることになった。快適な軟風が吹き続けているので、ほとんど問題なく実現されるだろう。

やがて、われわれが相談中に二人の釣り人が釣り上げた旨い魚の夕食を済ませると、水夫長は見張りの当番割りを決め、それ以外は寝床に入った。

13　海藻人

　さて、その夜、わたしの見張り時間となった。月は出ておらず、焚火の投じる光を除いて丘の頂上は闇につつまれていた。しかし、わたしにとってそれは切実な問題ではなかった。われわれはキノコの大火以来、襲われておらず、ジョブの死以来つきまとった恐怖もだいぶ薄らいでいたからだ。しかし、以前にくらべて不安はなくなったとはいえ、自分なりの安全策はこうじていた。焚火の炎を高く燃え上がらせ、直刀《レピアー》を手に野営地の巡回を行なった。崖に守られた三方のへりに立って、下の闇を見つめ、音に注意を払った。ただ、後者についてはつねに吹いている風音が耳について、あまり役には立ちそうもなかった。それでも、なにも見えず、なにも聞こえなかったのだが、その夜のわたしは妙に胸騒ぎがして、二度も三度も崖側のへりにもどっていた。しかし、そのたび、わたしの不合理な恐怖を根拠づけるようなものを目も耳もとらえることはなかった。そんなわけで、やがてわたしは妄想に身をゆだねるのはよそうと、崖のへりに行くのはやめ、島の平地への往復に使っている斜面を見渡す側へもっぱら注意を向けた。

　やがて、見張りの割当て時間も半ばになろうかというとき、風下側、つまり広大な海藻の海からはるかな音が聞こえてきた。尻上がりに高まって、恐ろしい悲鳴と金切り声になり、やがて小さく遠い奇妙なむせび泣きになると、ついには風の音にまぎれてしまう。このため、ご推察のとおり、荒涼の大陸から発せられた異音を耳にしたわたしは震え上がり、はたと思いついた。悲鳴は風下側の船からだろうと。ただちに海藻を見下ろす側の崖のへりに走り、闇を覗き込んだ。しかし、廃船の灯りを頼りに見ると、悲鳴は船のだいぶ右手あたりから聞こえたのがわかった。したがって、そのときの風の強さからしても、船からの声が聞こえたというのは考えにくいのである。

そんなわけで、緊張して考え込みながらも、わたしはしばし立ちつくして、夜の暗闇を見渡した。するとまもなく、水平線の上に鈍い光が見えてきた。やがて月の上側の弧が現われ、わたしにとっては大助かりであった。というのも、聞こえた音に関して、水夫長《ボースン》に報せる瀬戸際にあったのだが、もしもなにも起きなかったらまぬけなことになるので、そのときはためらってしまったからだ。そして、立ちつくして見ているうちにも月が姿を現わし、またあの悲鳴——とてつもない声量の女性が泣いているような——がはじまり、しだいに大きく強くなって、風のうなりに負けずにはっきり聞き取れる音となった。それから、ゆっくりと反響を繰り返すように遠ざかり、またもや、わたしの耳には風音しか聞こえなくなった。

そこで、音がした方向をじっと見つめたわたしは、真っ直ぐテントに走り、水夫長を起こした。この異音がどんな事態を予告するのか見当もつかないし、この二度目の悲鳴は内心のためらいなどすっかり消してしまったからだ。水夫長はちょっと揺り起こしただけで立ち上がり、いつも脇に置いている大振りのカトラスをつかむと、たちまちわたしについて丘の頂上に出た。ここでわたしは広大な海藻大陸から発せられた恐ろしい音を聞き、その異音が繰り返されたので彼を起こす決意をしたと説明した。というのも、この異音が来たるべき災難の合図であるかもしれないからだ。それを聞いて水夫長はほめてくれたが、最初の悲鳴のときに起こすのをためらったことについては叱られた。それから、わたしに続いて風下側の崖のへりに向かい、一緒にたたずんで、また異音が繰り返されるかもしれないと、耳を澄ませて待機した。

おそらく、一時間以上、われわれはじっと耳をそばだてて立っていた。しかし、風の音が持続的に聞こえるばかりだった。そんなふうで、いささか待機に飽きてきた頃、月が高く上がったので、水夫長は野営地を巡回しようと、わたしを手招いた。そこで向き直ろうとしたわたしが、たまたま直下の開けた海面に視線を落としてびっくりした。おびただしい数の大きな魚——ちょうど前夜、わたしが目撃したような——が、海藻大陸から島に向かって泳いでいる。わたしはへりの近くに踏み出した。というのも、それらは真っ直ぐ島に向かっていて、どうやら海岸近くまで迫っている感じだったからだ。しかし、わたしには確認できなかった。つまり、それらはみな岸から三十ヤードほどの地点で消えてしまったらしい。そして、魚の数と異様さ、次々と途切れずにやってくるのに岸に上がらないことに驚かされたわたしは、来て確認するよう水夫長に呼びかけた。というのは、早くも数歩巡回しはじめていたからだ。わたしの声を聞いて、彼が走ってもどったので、下の海を指差した。そのため彼は前かがみになって、わたしと同じく懸命に覗きこんだ。しかし、どちらもこの奇妙な事態について説明が思いつかない。そんなふうにしばらく見守っていたが、わたし同様、水夫長は並々ならぬ関心を持っていた。

　しかしながら、やがて彼は向き直り、ここに立ってただ異変を眺めているのは愚かしい、われわれは野営地の安全を計らなければならないというので、丘の頂上の見回りをはじめた。さて、われわれが眺め、耳を澄ましているあいだに、実にうかつにも、焚火が消えかけてしまった。その結果、月は上がっているとはいえ、野営地を明かるくしてくれる焚火の光が欠けてしまった。これに気づいたわたしが、焚き木をくべようと前進したそのとき、テントの陰でなにかが動いたように見えた。なのでわたしは、叫び声を上げ、直刀を振りかざしてそこに駆け寄った。しかし、なにも見当たらず、はぐらかされた気分になったが、もとの目的を果たそうと焚き木をくべに向かった。そんなふうにわたしが一人であたふた騒いでいるうち、水夫長が何事があったのかと駆けつけ、わたしの叫び声で目を覚ました三人がテントからちょうど飛び出してきた。しかし、その場まで行ってなにもなかったのだから、わたしは気のせいで見間違えたようだと説明するほかなかった。そのため二人は寝にもどったが、水夫長がもう一振りのカトラスをあたえた大男はそれを持ったまま残った。彼はなにもいわなかったが、われわれの不安なさまを感じているようだった。わたしとしては、仲間が増えるのはちっとも困らなかった。

　われわれは谷間に面した側の岩棚に向かい、わたしは覗こうとして崖のへりに歩んだ。わたしにとって谷は邪悪きわまりない魅惑の対象だった。しかし、ひと目見下ろすやいなや、水夫長のもとへ駆けもどり、彼の袖を引っ張った。そしてわたしの興奮ぶりに気づいた彼は、言葉も出ないほどわたしを動揺させたものを見ようと黙ってついてきた。いざ見渡すと、彼も仰天してただちに首を引っ込めた。そして、きわめて慎重にいま一度上体をかがめて見下ろした。すると大男の水夫が背後から抜き足差し足でやってきて、二人がなにを発見したのか知ろうと前かがみになった。このようにして、われわれは三人ともこの世のものとも思えない光景を見下ろしたのである。なんとなれば、われわれの眼下の谷間には、月光のもと白く病的な生き物が、ひしめき合うように蠢いていたのだ。その動き方をたとえるならば、巨大なナメクジであった。ただし、生き物自体の外形からすればナメクジとは似ていない。むしろ、裸のでぶでぶの人間がうつ伏せって這っている姿を思わせる。しかし、その動作には驚くほどの敏捷性があった。そして、水夫長の肩ごしに少し覗くと、これらの忌まわしい生き物が谷間の底にある穴に似た小池から上がってきているのを発見した。そしてふと、おびただしい数の異様な魚が島に向かって泳いでいたのを思い出した。魚は岸に近づくとすべて消えてしまったが、もう疑いない。海面下に自然にできた水路を知っていて、そこからやつらは穴へと抜けたのだ。なぜ昨夜、触腕のようなものをちらりと見た気がしたのか理解できた。というのも眼下のやつらは、二本の短くて太い腕を有しているが、その先端はくねくね動く小さなおぞましい触腕の総《ふさ》に枝分かれしていたからだ。谷底でやつらが動くにつれ、腕の触腕はあちこちへすべり、そして後部、足のあるべきところにはべつの触腕の総がちらついているようだったが、明瞭に見えたわけではないので、断言するわけにはいかない。

　これらの人間ナメクジがわたしにもたらしたとてつもない嫌悪感を伝えることはほとんど不可能だ。たとえできるとしても、したいとは思わない。もしうまく表現できたら、人々にもわたし同様の、前触れもなく襲いかかる、正真正銘の恐怖で吐き気をもよおさせてしまうだろう。見つめているあいだに、突如わたしは不安と強い嫌悪に気分が悪くなった。海藻大陸の脇を漂流していたあの夜、わたしが海面に見たのと同じ顔が、足もとから二ヤードと離れていないところに現われたのだ。この事態に、もう少し恐怖が小さかったら、悲鳴を上げていただろう。その大きな両眼は五シリング銀貨ほどもあり、オウムのくちばしを上下逆にしたような口で、白くぬめぬめしたナメクジのような皮膚が波打っている姿をまのあたりにしたわたしは、あまりの衝撃のため口がきけなくなった。そして、上体をかがめたまま身動きもできなかった。水夫長はわたしの耳もとでひどいののしりの言葉を吐いて、前かがみになるや、そいつにカトラスの強打を加えた。その瞬間、そいつはわたしのほとんど一ヤードまで迫っていたのである。この水夫長の行動で、突然われに返り、力一杯直刀を突き下ろしたので、わたしは危うくこのけだものの死骸のあとを追いそうになった。平衡を失ったわたしは、一瞬あの世へのきざはしの上で目もくらむ踊りをおどるはめになったのである。そのとき、水夫長がわたしのベルトをつかんでくれたので、事なきをえた。しかし、必死で平衡を取りもどそうとあらがっていた瞬間、崖が隠れるほど多数の怪物が登ってきているのを発見したので、わたしは振り返って水夫長に、やつらがうじゃうじゃ来ているぞと叫んだ。しかし、彼はすでに焚火に向かって走り、テントのなかの連中に死にたくなければ急いで加勢に来いと叫び、海藻をかかえられるだけかかえて大急ぎでもどった。続いて大男の水夫も焚火から燃え木の束を運んできたので、たちまち新たな焚火が生まれ、男たちはさらに海藻を持ってきた。われわれは丘の上に十分な量を備蓄しておいたのである。天の導きというべき、ありがたいことである。

さて、その焚火に火がつくかどうかのうちに、水夫長は新たな焚火を崖のへりに沿って燃やすよう大男の水夫に大声を上げた。同時にわたしは叫び声を上げ、丘の頂上の海面が開けた方へと走った。というのも、海側の崖のへりに多数の影が蠢くのが見えたからだ。こちらには大きな岩がところどころにあって、暗がりも多い。岩陰には月明かりも、焚火の光も届かない。ここで突然、わたしは三つの大きな影が野営地のほうへこっそり動くのに出くわした。その背後にも、ぼんやりと新たな影が見える。そこでわたしは加勢を求める大声とともにこの三体に襲いかかった。わたしが攻撃してくると見るや、連中は後ろ足で立ち上がったが、身長はわたしよりも高く、その不快な触腕を伸ばしてきた。わたしは剣を突き出しながらも、悪臭に襲われて息が詰まった。こいつらの臭いは、以前嗅いだ覚えがある。そのとき、ぬめぬめした不快なものがつかみかかり、めまいと吐き気で茫然となったわたしを弱々しくなぐった。そのとき、背後から駆けつける足音が聞こえ、炎が突き出された。水夫長から励ましの喚声が届き、それと同時に彼と大男の水夫がわたしの前に割り込み、それぞれ手にした燃える海藻を長い葦の先につけた大たいまつをやつらに突き出した。たちまちやつらは、ずるずると崖のへりを越え、下へ消えていった。

そうこうするうち、多少人心地がついて、怪物につかまれたときについた粘液を喉もとからぬぐい、次々と焚火に走って海藻をくべた。そうしてしばらくすると、われわれの安全は確保された。というのも、そのときまでには、丘の頂上のそこらじゅうに焚火が燃えさかり、怪物たちは炎を本能的に恐怖したからだ。さもなかったら、その夜、われわれは一人残らず死んでいただろう。

さて、夜明けをひかえてわれわれは島に上陸してから二度目の焚き木不足に直面した。いまの調子で燃やしていると、夜明けまでもたない。そこで水夫長はすべての補助の焚火を消すように言い、闇夜になってしまう時間をなるべく短くしようとした。なにせ、われわれをやつらの襲撃から守ってくれるのは、焚火なのだ。しかし、ついに海藻と葦が尽きてしまった。水夫長は崖のへりをよく注視し、なんでも頭を出すものがあればためらわずにぶちかませと命じた。ただし、彼の別命があれば全員集合し、中央の焚火を最後の砦とすると定めた。そのあと、彼は厚い層雲に月が隠されたので、悪態をついた。それから、炎が弱まるごとに闇は深まり、次のように事態は動いた。わたしは海藻大陸側の丘から、ののしりの声を聞いた。その叫びは風に逆らって届いた、水夫長が全員に注意を呼びかけたその直後、わたしの見張っていた崖のへりから静かにせり上がるなにかに強打を加えた。

それから一分ほど経って、丘の頂上の四方から叫び声が上がり、海藻人たちが襲ってきたのを知った。同時に不気味な沈黙を保ちながらも敏捷な動きで、わたしの近くのへりにも二体上がってきた。一体目は、わたしが喉のあたりを刺すと、のけぞって倒れた。しかし二体目は突き刺した直刀を片方の触腕の総《ふさ》で奪い取ろうとするようにつかんだ。それでも、わたしがそいつの顔に蹴りを入れると、なんということか、おそらく痛みというより驚きのためだろうが、そいつはわたしの直刀を放すと、そのまま倒れて見えなくなった。これらが起きたのは十秒足らずのことであったが、わたしはすでに四体ほどが迫ってくるのを視界の右側にとらえていた。もはや、われわれの命は風前の灯かと思われた。なぜなら、命知らずで敏捷な海藻人とこれ以上どう戦えばよいか、わたしにはわからなかったからだ。しかし、ためらう余裕はなく、やつらに襲いかかり、今度は突くのを止めて、顔に切りつけた。これは効果的であるのがわかった。この方法で切りまくって、三体片づけた。しかし、四体目が崖をちょうど越え、水夫長が加勢に入ったときのように、後ろ足で立ち上がって向かってきた。そのため、わたしは強烈な恐怖にたじろいでしまった。しかし、周囲ではいたるところで雄叫びがあがり、支援など期待できるはずもない。わたしはこのけだものに襲いかかった。するとこいつは前かがみになり、片方の触腕の総を伸ばした。わたしは跳びのいて総に切りつけ、続けざまに腹のあたりを突いた。すると敵は倒れて身体を丸め、白いボールになって身もだえし、あちらこちらへ転がって、苦悶しつつ崖のへりに近づいて転落した。残されたわたしは、けだものの不快な悪臭に、気持が悪くなりほとんど放心状態のありさまだった。

このときにはもう、丘のへりの焚火は燃えさしがわずかに赤らむばかりになっていた。しかし、テントの入口近くの焚火はなお充分明かるくはあったが、われわれの戦いの前線はその光の輪からはかなり遠かったので、あまりその恩恵はなかった。そして、恨めしい視線を向けると、なお月はぶ厚く流れる層雲の背後に隠されてほとんど見えない。空を仰ぎながらも、左肩のほうに視線が向いたとき、なにかが近寄っていたのに気づくや恐怖を覚え、瞬時に鼻をつく悪臭にもぎょっとし、身をひねって片側に跳びのいた。それが身の破滅を救った。というのも、そいつの触腕は跳びのくわたしの首のうしろをかすめたからで、そのあとわたしは一度、二度と強打を加え、そいつを倒した。

　その直後、近くの消えかけた焚火と、頂上のへりに沿った遠くの焚火のあいだの暗闇を、なにかが横切るのを発見した。間髪を入れずにそいつに駆け寄り、後ろ足で立ち上がる――そうするとひどく厄介になるのがわかったので――まえに二度にわたって頭部を切りつけた。しかし、こいつにとどめを刺した直後、十体以上の敵が攻めてきた。戦っていたときに、崖のへりをそっと越えていたのだ。わたしは素早く身をかわし、一番近くで輝く焚火へ必死に走った。けだものどもはほとんどわたしの足と変わらぬ素早さで追ってきた。しかし、焚火にはわたしのほうが先に着き、そのときとっさに思いついて、直刀の先端を燃えさしのなかに突っ込むと、そいつらに向けて多量の熾火《おきび》をばらまいた。おかげでつかの間ながら、こちらに伸びた白く忌まわしい顔がはっきりと見えた。褐色のくちばしは、下が大きい受け口で、群らがってよじれる触腕はみなひらひらと動いていた。すぐまた闇が復活したが、わたしはただちに焚火から焚火へと移って、熾火をばらまいた。そうすると、たちまちやつらは後退し、やがていなくなった。これを受けて頂上のへりのすべての焚火が同じようにばらまかれるのが見えた。ほかの仲間も苦境に追いつめられて、この工夫を助けにしたのだ。

　それからまもなく、けだものどもは怯えて逃げ出したらしく、一息入れることができた。しかし、わたしは武者震いが止まらず、一体、もしくは群をなしてやつらがいつ攻撃してきても対処できるように、あちらこちらに目を走らせていた。そしてひたすら月を見上げ、このままでは全員死んでしまうから早く雲を払ってほしいと神に祈った。わたしが祈った折も折、味方の一人が突然恐ろしい悲鳴を上げた。同じ瞬間、わたしの正面の崖のへりからなにかが現われた。わたしはそれを切り裂いた。さもなければそのまませり上がってくるだろう。しかし、わたしの耳にいまだ残る突然の叫びは、丘の左から聞こえてきた。だが、自分の持場を離れるわけにはいかない。そんなことをしたら、全員に危険がおよびかねない。だから、悲鳴を無視する辛さと自分の恐怖に耐えながら、踏みとどまった。

ふたたび、攻撃から解放されたわたしは、少し息継ぎができた。視界の届く範囲では、左右どちらも向かってくるものの姿はない。ただし、悪罵の声や打撃音からして、ほかの仲間はわたしほど幸運ではなかった。そのとき不意に新たな苦痛の悲鳴が聞こえ、わたしはいま一度月を見上げ、全滅しないうちに少しでも顔を見せてくれ、とはっきり声に出して祈ったが、隠れたままだった。折しも、急にある考えが思い浮かんだ。わたしは可能なかぎりの声を張り上げ、水夫長に大弓を中央の焚火にくべるよう叫んだ。そうすれば木材は太くて乾いているので、大きな炎が燃えさかるはずだ。わたしは二度にわたって〝弓を燃やせ！　弓を燃やせ！〟と彼に叫んだ。たちまち彼は反応し、全員駆けつけて焚火に運べと叫んだ。われわれは命令に従い、焚火の中央にくべると、大急ぎでそれぞれの持場に駆けもどった。するとたちまち明かるさが増した。大きな台木に火が移り、風にあおられて炎が上がったのだ。そうしてわたしは外を向き、不快な顔が前方のへりの上に、あるいは右や左にいつ現われるかと見つめていた。しかし、なにも見えず、ただ一度少し右側にしなるように触腕が出現しただけで、しばらくなにも起こらなかった。

おそらく、五分近くしてから、新手の攻撃があった。今度わたしは死にかけた。うかつにもあまりに崖のへり近くまで寄ってしまった。眼下の暗闇から、不意にひと総の触腕が勢いよく飛び出し、わたしの左の足首をつかんだ。わたしはただちに腰を落した。わたしの両足は絶壁のへりから出ていた。頭からまっさかさまに谷間に落ちずに済んだのは、神のお慈悲以外のなにものでもない。しかし、現状のわたしはとんでもない危機におちいっていた。片足をつかんだけだものは、そのまま引きずり落とそうと、とてつもない力をかける。だが、わたしは両手と尻で持ちこたえ、そして、どうやら足首に巻きついているのではないのに気がついた。やや力が弱まり、わたしのブーツを噛んで硬い革を剪断《せんだん》し、あやうく足の小指をちぎりそうになった。しかし、ようやく身体を持って行かれないために両手で抵抗する必要がなくなったわたしは、そいつに味わわされた痛みと多大な恐怖に血迷って、怒りのたけを込めて下に切りつけた。が、けだものは即座には放さなかった。そいつがわたしの直刀を受け止めたのである。しかし、そいつにまともにつかまれぬうちに直刀をもぎ取り、その際におそらく、触腕を切断したようだ。それを確認はできないが、触腕はものを囲んでつかむのではなく、吸いついてくるのだろう。まもなく、幸運な一撃がそいつに瀕死の重傷をあたえたので、足が解放された。そうして、わたしは幾らか安全な場所に退くことができた。

これから先は、理不尽な攻撃にさらされずにすんだ。もっとも、海藻人の静けさは新たな攻撃の前触れにすぎないのかどうか、われわれに判断はつかなかった。そんな状況で、ついに夜明けが訪れた。今回は終始、月はわれわれの助けとならなかった。全天を厚い雲に覆われた夜明けは、ひどく荒涼とした光景を見せていた。

そして、充分に明かるくなるとすぐ、谷間を調べた。ところが、海藻人はどこにもいない。まったく！　おまけに死体もない。どうやら、死体も負傷したものも、すべて運び去ってしまったのだ。そうなると、昼の光のもとでやつら怪物を吟味する機会は失われた。だが、死体は見つけられなくとも、崖のへりにはいたるところ血と粘液が残っていた。そして後者からはあのけだもの特有の恐るべき悪臭がしている。ただ、臭いについては、あまり悩まされずに済んだ。風がはるか彼方に吹き払ってくれて、われわれの肺には新鮮ですがすがしい空気が届いたからだ。

やがて危険が去ったと判断した水夫長は、中央の焚火にわれわれを集めた。焚火では大弓の残骸がまだ燃えている。そして、このときはじめて一人の男の姿が見えないのに気がついた。それについて、われわれは丘の頂上を捜索し、のちには谷間や島を探したが、ついに杳《よう》として行方は知れなかった。

14 連携

　さて、われわれはトムキンズ――行方不明者の名前だから、悲しい記憶が甦るが――の遺体を求めてくまなく谷間を捜索した。しかし、野営地からの出発に先立って、水夫長《ボースン》は全員に最上等のラム酒を一杯ずつと堅パンを各一枚、支給した。その後、各自武器を手にして下へ急いだ。まもなく海に面した谷間のとばくちにあたる砂浜に来ると、谷間と同じ軟らかな地面から絶壁がそびえている丘のふもとにそって、水夫長はわれわれを先導し、死ぬか重傷を負って落下している可能性を考え丹念に捜索した。なにも見当たらず、次いで大穴の口へと下りた。そこでわれわれは、あたり一面泥の上におびただしい条痕を発見したばかりか、粘液や多数の血痕も見つけた。だが、トムキンズが見つかる気配はまったくない。谷間をすべて探してしまうと、海藻の散乱する砂浜から海藻大陸寄りに出た。しかし、丘のふもとのうち、浜が途切れて海がせまるあたりまではなにも見当たらない。わたしはそこで岩棚――もっぱら魚釣りに利用しているところだ――に上がった。もしやトムキンズが頂上から落ちて、崖のふもとの海に浮かんでいるとしたら、このあたりだろうと思ったからだ。水深は十から二十フィートほどだ。だが、しばしなにも見えなかった。ところが、左手の海になにか白いものがあるのにふと気づいた。そこでわたしはさらに岩棚のへり近くに登った。

　こうして、自分の注意を引いたものは海藻人の死体であるのを知った。海面が平らになる折々にちらちら見えるだけなので、鮮明に把握できるわけではない。身体を丸め、右脇腹を下にして寝ているかと思われたが、首が落ちるくらいの深傷《ふかで》が見えたので、死んでいるのがわかった。そして、わたしはいま少し確かめてからもどり、見たままを報告した。するど今度こそトムキンズが刺し違えたものとされ、われわれは捜索を止めた。ただし、現地を離れるにあたり、水夫長ならびに全員が死んだ海藻人を見るため岩棚に登った。というのも、昨夜襲ってきた連中の正体を、はっきり知りたくてたまらなかったからだ。やがて、波間ごしではあるが、このけだものの姿を気の済むまで眺めると、一同はふたたび砂浜へやってきた。そして、島の反対側へもどり、浜を歩いてボートの点検に向かったが、なにもされていないのがわかった。しかし、けだもの連中はそこらじゅうにいたらしく、ぬめぬめした跡や異様な筋模様が軟らかな砂上に認められた。やがて、一人の男が、ジョブの墓に異変があると大声を上げた。覚えておられようが、最初の野営地から少し離れた砂地に掘ったものだ。われわれは顔を見合わせた。荒されたにちがいない。どんな意図があったのかわからぬまま、急いで駆けつけた。すると、墓には遺体がない。怪物どもに哀れな若者の死体は掘り出され、なにひとつ残っていない。われわれの海藻人に対する恐怖はいっそう大きくなった。つまり、連中は墓のなかの死体さえ好餌にしてしまう、下劣な食屍鬼《グール》だとわかったからだ。

そのあと水夫長は全員を丘の頂上に連れ帰り、そこで傷の処置をおこなった。なにしろ、夜の乱闘で二本の指を失くした者が一人、左腕をむごたらしく噛まれたのが一人、三人目に至っては、けだものの触腕が吸着した顔全体にみみず腫れが生じていた。戦いの最中は怪我どころではなく、その後もトムキンズの行方不明にかかりきりでほとんど注目されずにときが経ってしまった。しかし、ようやく水夫長は手当てを開始し、傷を洗浄して包帯を巻いた。そのために彼は、所持品の漏水詰め《オーカム》と、ボートの箱《ロッカー》に収まっていた予備のズックの布を裂いた包帯を使った。

わたしは、この機会に足指の傷を見てもらった。こいつのおかげで、足をひきずって歩くはめになったのだが、危ぶんでいたほどの傷ではなかった。骨が露出していたが、指は失わずに済んだ。洗浄してもらうと痛みはあまりひどくなくなったものの、ブーツをはくことはできなかったので、治るまで片足に帆布を巻いていた。

無傷で済んだ者はいなかったので時間を要した傷の手当てが終わると、水夫長は指を失った者をテントで横にならせ、腕を噛まれた者にも同様の休息を命じた。そして、残りのものは彼が率いて焚き木を運ぶために下った。夜の襲撃で、いかに備蓄がわれわれの死命を制するかを、痛感させられたからだ。そういうわけで、それから午前中は休みなしで、海藻と葦の燃料を丘の頂上にひたすら運び上げた。正午になると彼はラム酒を一杯ずつ支給してから、昼食作りを一人にまかせた。

それから彼は、海藻中の船に凧を飛ばす提案をしたジェソップを名指して、その手のものを作ったことがあるのかとたずねた。すると彼は笑い、尾の助けなしで非常に安定して力強く飛ぶ凧を作れると水夫長に言った。水夫長は、遅滞なく作業にかかるよう命じた。というのも、廃船内の人々をうまく救出したら、われわれは食屍鬼《グール》の巣窟も同然のこの島からさっさと出て行けるからだ。

　さて、尾なしで飛ばせる凧と聞いて、どんなものを作るつもりでいるのか、わたしはなみなみならぬ興味を覚えた。そんな凧が飛ぶのは、見たことも聞いたこともない。しかし、彼は可能だからそう言ったにすぎなかった。彼は二本の葦を取って約六フィートの長さで切断した。次に、X字形の聖アンデレ十字になるよう、二本を中央で結束した。その後さらに二個の同様の十字を製作し終えると、十二フィートほどの長さの葦を四本取り、これを四角形の四隅の位置に立たせるようわれわれに指示し、自分は十字形のひとつを持って四角の内側に入り、直立する四隅の枠に先端を合わせて据え、その四ヵ所の端をそのまま縦枠に縛りつけた。それから二つ目の十字形を、立てた枠の中間に同じく結びつけ、最後に三つ目の十字形を最上部に縛りつけた。これで内側の三つの十字形の横棒が、長い外枠の支柱となり、全体が小ぶりの四角いやぐらのように直立した。さて、彼がそこまで作業を進めたとき、水夫長は食事にするよう大声を上げた。食後、われわれはつかのまパイプを吹かし、くつろいでいるうち太陽が顔を覗かせた。それまで一日中陽が出なかったが、われわれの気持はずいぶん明かるくなった。トムキンズを失った痛手と、おのおのがかかえる恐怖心と怪我が重なって、ひどく暗然たる気分であったが、わたしの述べたとおり、いまやだいぶ陽気になり、凧の完成に気を取られていた。

　この時点で水夫長は、凧の揚げ糸の用意を怠っていたことに突如として気づいた。そこで凧に必要な糸の強度を大声でたずねると、十本撚りの組みヒモ《センニット》ならいいだろうとジェソップは答えた。

この要望に応じた水夫長は遠い側の砂浜にある難破船のマストへ三人送り込み、残りの横静索《シュラウド》をすべてはがして丘の上へ運ばせた。そして、その撚りを解いて、十本の糸に撚り直す、組みヒモ作りにとりかからせた。しかし、ばらで撚るより早いので二本取りで編むようにした。

作業を進めながら、わたしはときどきジェソップの方を盗み見ていた。すると彼は軽量ズックの帯を外枠の上部と下部に巻いて縫いつけた。帯はおよそ四フィートの幅と思われたが、こうして上下の中間部にはそのまま素通しの骨組みが残されたので、その全体像は人形芝居「パンチネロ」の舞台のようだった。素通しの位置さえ変われば、もっとそっくりになるところだった。そのあと彼は二ヵ所の直立材に、テントから見つけてきた上等な麻ヒモを用いた、いと目糸を結びつけると、水夫長に大きな声で凧が完成したと叫んだ。

これを受けて水夫長は点検したが、そこにいる誰一人として、このような凧は見たことがなく、わたしの見立てに間違いがなければ、ほとんど誰もこんなに大きくて不恰好なしろものが揚がるとは思えなかった。どうやらジェソップはそんな空気を読んだらしく、風で凧が飛ばされないように一人に押さえさせたうえでテントに入り、いと目糸にした麻ヒモの残りを持ち出した。これを凧に結びつけ、ヒモの末端をわれわれに握らせると、たるみがなくなる程度にうしろにさがらせた。その間、彼は凧を点検した。やがてわれわれがヒモの限界まで後退すると、彼は絶対にヒモを離すなとこちらに叫び、かがみ込んで凧の下部をつかむと、宙に放り上げた。その結果、驚いたことに、幾らか横に急激に流されたものの、凧は安定し、鳥さながら上空へ舞い上がった。

これを受けて、すでに述べたように、われわれは仰天した。なぜなら、こんなに不細工なものが、これほど優雅に持続性をもって飛ぶなんて、奇蹟に等しかったからだ。そのうえ、糸を手にしたわれわれがほんとうにびっくりしたのは、引く勢いの強さだった。だから、もしあらかじめジェソップが警告しておいてくれなかったら、驚いた拍子に、糸を逃してしまっていただろう。

凧の性能は充分確認されたので、水夫長は凧を下ろすよう命じた。大きいのと風が強いのとで、われわれは苦労した。そして、頂上へふたたび回収すると、ジェソップは大岩に厳重につなぎ留めた。彼はわれわれの称賛を受け、ともに組みヒモ作りに取りかかった。

やがて夜が近づくと、水夫長は頂上に焚火をたかせ、廃船の人々にお休みの手を振ると、夕食作りに入り、横になってパイプをくゆらしたあと、われわれは至急完成させたかったので、ふたたび組みヒモ作りに取りかかった。そして、島が暗闇につつまれると水夫長は、中央の焚火から海藻を取って、まえもって焚火用に丘のへりの随所に積み上げてあった海藻に点火するよう命令した。すると数分後には丘の頂上はとても明かるくにぎやかになり、以後、二人ずつ指名して見張りと焚火の管理に当たらせ、残るわれわれと組みヒモ作りにもどり、十時くらいまで作業をこなしてから、二人ずつの見張りの当番割を決めると、手早くまた傷の手当てをして、床に入るよう命じた。

さて、わたしの見張りの順番が来ると、相方は大男の水夫と決まっていたが、わたしにとっては決して不愉快ではなかった。というのも、彼はきわめて優れた人物であるばかりか、とても力強い男であり、なにが不意に襲いかかってこようとも、近くにいれば心強かったからだ。しかし、幸いにもその夜はなにも起こらず、ついに朝が訪れた。

朝食が済むや水夫長は、焚き木を運ぶため全員を率いて下に向かった。豊富な焚き木の備蓄こそ攻撃に対する防御にほかならないのを彼は見抜いていた。そのため焚火のための海藻と葦集めの仕事で午前中の半分が費やされた。やがて、当夜に備えて充分な量が得られると、彼は全員を組みヒモ作りに再投入した。そして昼食まで、われわれはまた同じ作業に取り組んだ。しかし、目的にかなう長さになるには数日間を要するのは明らかだった。そこで水夫長は、完成期間を短縮するべつの方法を思案した。やがてなんとか考えついたのは、ボートと海錨をつなぐのに用いた麻の長いロープをテントから持ち出して、その三本撚りをすっかりほぐしてしまうことであった。そして、取れた三本を一本につなげば三倍の長さ、三百六十ヤードほどの粗雑なヒモになる。出来は悪いがそれでも強度は充分と彼は判断し、かくしてわれわれはその分だけ組みヒモ作りが省けた。

やがて、昼食を済ませたあと、午後も着実にヒモを編み続け、その結果前日分と合わせ、水夫長が作業をやめて夕食に来るよう呼んだときには四百ヤード近い長さになっていた。つまり、いと目糸にするのに用いた麻のヒモの残りも加えてすべて合計すると、この時点でおよそ八百ヤードまで達していたが、われわれの目的に必要な長さは千ヤードと目されていた。

夕食のあと、すべての焚火を燃やしてヒモ作りを続行し、やがて水夫長が見張り番を決めて夜間の備えを済ませ、それぞれ傷の手当てを受けた。この夜も前日と同様、なにも問題なく朝が迎えられた。

われわれはまず朝食を摂ってから採薪にかかり、その後は終日組みヒモ作りに励んだので、夕刻までには充分な長さに達した。それを祝して、水夫長は気前よくラム酒を支給した。やがて夕食を済ませると焚火をたき、ことのほか快適な夕べを味わった。そのあと前夜と同じく水夫長に傷の手当てをしてもらい、夜間の順番を決定した。今回、水夫長は指を失くした男と、腕にひどい咬《か》み傷を負った男にも、襲撃のあった夜以来はじめて見張り番に組み入れた。

　さて、朝が来ると全員、凧を揚げたくてたまらずにいた。というのも、夕方までに廃船の人々を救出できそうになったと思われたからだ。それは考えるだけで、とても喜ばしい興奮を味わわせてくれるのであった。しかし、水夫長は凧をさし置いて、われわれが通常どおり採薪をすべきだと主張してやまなかった。その命令はもっとも至極ながら、救出活動に取りかかりたくてたまらないわれわれをひどくげんなりさせた。しかし、ついにそのノルマを達成し、ヒモの準備ができて、結び目をテストすると、凧を揚げるすべての用意ができたはずだった。ところが、凧を揚げるまえに、水夫長は中檣《トップマスト》につながれて残されていた最上檣《ローヤルマスト》と前檣上檣《トガンマスト》の根元二本を運び上げるため、われわれを遠い方の砂浜へ下ろした。そして、丘の頂上に運び上げると、その端を二つの岩のあいだに二本並べて立て、隙間をあけたうえで大きめの石を両側に積み上げた。ここに凧のヒモを二、三回巻きつけ、ヒモの末端を凧のいと日糸に結ぶようジェソップに渡し、こうして廃船へ糸を繰り出すすべての準備が整った。

　そしてもはや手伝うこともなく、われわれは集まって見守った。するとたちまち水夫長が合図を送り、ジェソップは凧を空中に投じた。すると、風を受けた凧は力強く見事に揚がり、水夫長が糸を繰り出すのが間に合わないほどだった。ところで、凧を放つまえに、ジェソップは糸の先端にかなりの長さの撚り縄《スパニヤン》を結びつけてあった。そうすれば上空の凧から垂れた撚り縄が廃船上を引きずられる際に、なかの人々がそれをつかめるからだった。だから、無事に彼らが垂れ糸を確保するかどうかをなんとしても見ようと、全員が丘のへりに走った。かくして、凧を飛ばしてから五分足らずで、船上の人々がわれわれに手を振って、ヒモの繰り出しを止めよという合図を送ってくるのが見えた。それからまもなく、凧は一気に落ちた。すなわち彼らが三本撚りの垂れ糸を確保して、それを引っ張ったのを知り、われわれは大喝采を送った。そのあと、われわれは坐ってパイプを吹かし、あらかじめ凧のおもてに書き込んでおいたわれわれの指示を読み終えるまで待機した。

やがて、三十分ほど経って、われわれに糸を引っ張るよう合図を送ってきた。われわれはただちに取りかかり、かなりの時間を要して、こちらの粗製ヒモをすべて手繰り終えると、彼らのヒモの先端が届いた。それは直径三インチの良い麻ヒモだった。新品で上質だったが、必要となるだけの長さを海藻の上に渡して張る、もしくは船上の人々を安全に運び出そうとするのに耐える強度を持つとは認められなかった。そうして、いましばらく待つうち、彼らからまた引っ張れとの合図が来た。手繰る重さから、三インチの麻ヒモに結びつけられたロープははるかに太いのがわかった。最初に引いた麻ヒモは、海藻を横切って島まで太いロープを渡すための引き綱にすぎなかったのだ。かくして、うんざりするほどの時間をかけて引いたのち、われわれは太いロープの先と麻ヒモを丘の頂上に引き上げた。直径四インチほどのきわめて丈夫なロープであり、均一で純正上質な撚り糸から編まれた仕上がりのよい製品で、至極当然ながら、われわれは満足した。

さて、太いロープの先端に結んで彼らは油布《オイルスキン》のバッグに手紙を入れてきた。そのなかで彼らは温かで篤い感謝の言葉を述べたあと、一般事項についておたがいに理解できるよう定めた合図用の短い符丁を伝えてきた。そして末尾を、なにか食糧など陸に送ってもらいたいかという質問で終えていた。つまり、彼らの説明によると、少し時間をもらえればわれわれの用途にかなうようロープを強く張るから、そうしたら運搬台を取り付けて使えるようにするとのことだった。この手紙を読んだわれわれは、柔らかいパンを送ってくれるよう頼んだらどうかと水夫長に言うと、彼は傷の手当てのためのリント布と包帯と軟膏の依頼をそこに加えた。そして彼は葦の大葉の一枚にこの内容を書くようわたしに命じた。さらに末尾に加えて、真水をこちらから送ってほしいかどうかをたずねるよう、わたしに言った。そのとおりに、わたしは葦を鋭くそいだもので大葉の表面に文字を刻んで書いた。筆記が終わると、わたしは水夫長に大葉を託した。彼はそれを油布のバッグに収め、廃船の人々に細ヒモの方を引っ張るよう合図した。すると彼らはすぐに応じた。

やがて彼らはまたヒモを引っ張るよう合図したので、われわれは長いそのヒモを手繰り、小さな油布のバッグを得た。なかにはリント布と包帯と軟膏が、それに第二信が入っていて、パンを焼きはじめたので、オーブンから出したらすぐに送ると記されていた。

さて、傷の治療用品と手紙に加え、彼らは一束の便箋、鵞ペン数本と角《つの》製のインク壺を一個入れてくれ、その手紙の末尾に外の世界のニュースをぜひとも教えてほしいと書いてきた。というのも、彼らはこの海藻の奇妙な大陸に七年余りにわたって閉じ込められているからだった。さらに廃船のなかには十二人いて、三人は女性で、うち一人は船長の未亡人である。船長は船が海藻にからまってすぐ亡くなった。海藻から船を脱出させようと試みている際、巨大ダコに襲われて、全乗組員の半数以上と運命を共にしたこと、そのあとに残された彼らは大ダコと、彼らの称する魔人たちから身を守る盾として上部構造部分を建てた。なにせ、それが出来上がるまで、甲板上は昼夜を問わず危険だったとのことだ。

真水が入用であるかというわれわれの質問に対して、水は足りているし、食糧供給についてもまったく不自由はないと、船側では答えてきた。同船は一般船荷——そのなかにはさまざまな種類の食糧が大量にあった——を積んでロンドンを出帆したからだ。この報せにわれわれは大いに喜んだ。もう食糧不足に悩まされずに済むからで、テントに入って書いた手紙に、パンのほかにも用意できるものがあれば届けてもらえるように、われわれの食糧は不足していると添えた。そのあとに、過去七年間に起きた主な出来事を思い出すままにつづり、さらに海藻人の攻撃など、これまでのわれわれの冒険を手短にまとめ、そしてわたしの好奇心や驚きに発する質問をつけ加えた。

テントのとばくちに坐って手紙をしたためているあいだも、廃船を見渡す崖のへりと、二十ヤードほど奥にある、ロープの端が巻かれた大岩のあいだを男たちと忙しく行き交う水夫長を、わたしは折々見ていた。岩の鋭角な部分で切断されるのを防ぐため、細長い帆布をゲートルのように巻いてロープを保護していた。わたしが手紙を書き終えるまでには、大岩に巻いたロープはすっかり養生され、さらにロープが崖のへりと接する部分には、長めのすれ止めが当てがわれていた。

先に述べたような手紙を完成させて水夫長のもとに行くと、油布のバッグに収めるまえに、次のようなメモをつけ加えるよう命じた。すなわち、太いロープはしっかり固定できたので、都合のよいときに強く引いてかまわない、そのあとは細ヒモで手紙を送るから、われわれの合図に気づいたらすぐにヒモを船の側で引いてくれと。

それまでには午後もかなりまわった時刻になっていて、水夫長は万一の合図に備えて廃船の見張り一人を残してわれわれに食事の準備をさせた。この日は作業に夢中だったので昼食を食べそこない、いまになってわれわれは空腹がこたえていた。やがて準備のさなか、船から合図を送ってきたと見張りから大声が上がった。それでわれわれはなにごとかと見に走り、たがいに決めた符丁を読み取って、細ヒモを引っ張るのを待っていることがわかった。われわれがそうすると、やがて海藻を横切ってかなり大きめのものが見え、それが約束してくれたパンであると推測したわれわれは、作業に熱が入った。確かにそのとおりで、きわめて手際よくタール塗りの防水布に長巻きにされ、パンとヒモをくるんで両端を強くきちんと結び、なおかつ海藻に引っかからずに通れるよう先端を細くしてあった。さて、われわれがこの荷を開いてみると、わたしのほのめかしはきわめて雄弁な効果を発揮したのがわかった。なかには何本かのパンのほかにボイルしたハム、オランダチーズ、破損しないようにうまく梱包されたポートワイン二壜、固形かみタバコ四ポンドが入っていた。結構尽くめの到来品に、全員丘のへりに立って感謝を込めて船に手を振った。それに対して彼らは善意に満ちて手を振り返し、それからわれわれは食事にもどり、旺盛な食欲を発揮して新たな飲食物を味見した。

荷物にはもうひとつ、きれいな文字でしたためられた手紙が入っていた。先の書簡と同じように女性の筆跡なので、三人のうちの誰かが代書したものだろう。この手紙ではわたしの質問への回答があった。とくにわたしの記憶にあるのは、海藻人の攻撃に先立つ奇妙な悲鳴のもっともらしい理由として、船内の自分たちが攻撃を受けるその都度、同じ悲鳴を聞くので、明らかに呼び集める声か攻撃開始の合図であると報せてきたことだ。もっとも、なぜそうなのか、書き手は知らなかった。というのも、海藻の魔人——船内の人々は海藻人をつねにそう称していた——は攻撃のときも、果ては瀕死の傷を負ったときにも声がなく、たしかにこの際言わせてもらえば、あの寂しく湿っぽい悲鳴がどこから発せられるのか見当さえつけようもなく、実は彼らの発声ではないのか、いずれにせよ、そもそもわれわれはこの海藻の大陸が黙したまま語ろうとしない、謎のほんの上っ面しか知らないのだ。

わたしが言及したべつの件は、恒常的に決まった方角から吹いている風についてだった。これについて手紙では、年間六ヵ月ほど一定の強さを保って吹き続けると書いてきた。さらにわたしの興味を強く引いた事実がある。それは船がつねに発見当時と同じ位置にあるわけではないということだ。ある時点では開けた海が遠くの水平線上に見えなくなるほど海藻の奥にいたかと思うと、ときには大きな湾が海藻大陸内に数十マイルも口をあけて入り込み、そんな具合で海藻はつねにその形と海岸線を様変わりさせているのだ。そういった現象の主因は、風向きの変化である。

折に触れ教えられたのだが、彼らは燃料用にする海藻の乾燥法、一定の期間ごとに降る豪雨から真水を得る方法を考案していた。もっとも、ときとして水不足におちいるので、彼らは次の雨期まで必要分を補うための蒸留法を学んでいた。

手紙の終盤近くに彼らの現在の活動を報せてきた。そういうわけで、船内の人々はいま後檣《ミズンマスト》——太いロープをここに結びつけるつもりであった——の下檣を支索で支えるのに忙しくしていた。ロープを大きな鉄張りの切欠き滑車《スナッチブロック》に通して、この下檣上部に確保し、そこから後檣用の揚錨機《キャプスタン》に下ろし、その強力な滑車装置によって必要なだけ強くロープを引っ張ることができるのだと。


さて、われわれは夕食を済まして、水夫長が廃船から送られたリント布と包帯と軟膏を取り出し、われわれの傷の手当てにかかった。指を失くした者からはじめたが、幸いにもきわめて順調に癒えていた。その後われわれは全員、崖のへりに行き、見張りを食事に行かせた。すでに相当量のパンとハムとチーズを手渡してあったので、空きっ腹ではないにしろ、満腹にさせるためだ。

それから一時間近くあとだろうか、船の人々が太いロープの引っ張りを開始したと、水夫長がわたしに教えた。そうと知ったわたしは、立ったままロープを見守った。というのは、船内の人々が島へ伝い移るとき、大ダコの妨害を受けずにすむほど充分に高く、ロープを張り渡せるものか、水夫長が不安視していたのをわたしは知っていたからだ。

やがて夕闇が迫り、水夫長はわれわれに頂上の周囲に焚火をたきに行くよう命じた。その作業を済ませると、われわれはロープがどのくらい宙に浮いたかを確かめにもどった。すると、海藻からは浮いていて、われわれはこれ以上もない喜びを感じ、たまたま廃船から誰かが見ているかもしれないので、手を振って激励した。しかし、ロープは海藻面を離れたとはいえ、本来の目的からすれば、その中央のたるみはなお相当の高さまで上げる必要がある。しかし、ロープに手を置いた感触では、すでにかなりの張力がかかっている。これだけの長さのロープをぴんと張るためには、何トンもの力がかかるだろう。しだいに水夫長の心配がつのってゆくのがわかった。彼はロープを固定した大岩のところに行き、ロープの結び目やすれ止め箇所を調べ、さらに崖のへりに行ってその接触部の保護対策の具合を仔細に吟味してもどってきたが、満更でもなさそうな表情だった。

やがてほどなく日が沈み、われわれは焚火の光と、ここ数日の夜間同様、見張りの当番割を決めて夜の闇に備えた。

15　廃船移乗

さて、見張りの順番となり、わたしの相方は大男の水夫だった。まだ月は昇らず、全島くまなく闇につつまれていたが、丘の頂上だけは二十ヵ所で焚火が赤々と燃えて、焚き木をくべるだけでも忙しかった。やがて、見張り番のなかばが過ぎた頃、海藻側の頂上の焚火をくべていた大男の水夫が呼びにきて、わたしの手をヒモに当てさせた。というのは、こちらになんらかの伝言があって、船内の人々がわれわれにヒモを手繰ってもらいたがっていると彼は思ったからだ。そう言われたわたしは心配になって、夜間に必要事が生じた場合は振る約束となっている灯火を、見たかどうかをたずねた。しかし、彼はまったく合図は見ていないと答えた。すでに崖のへりに来ていたわたしは、自分の目でも廃船からなんの合図もないのが確認できた。しかし、相手の気が済むよう、わたしは夕方大岩に固く結んだヒモに手を乗せた。すると、なにかに引っ張られているのがたちどころにわかった。引っ張られたりゆるんだり、確かに船内の人々がこちらに伝言を送りたがっているふうであった。そのためわたしははっきりさせようと、最寄りの焚火に駆け寄り、葦の束に火をつけ、三回振った。しかし、船からはなんの応答もなかった。そのため、わたしはとって返し、またヒモに触れて、風にあおられての動きでないことを確認した。風による動きとはまったく異質で、ぐいと引かれるそのようすは、掛かった魚が糸を引く強い衝撃に似ていた。ただし、これほど大きな引きを加えるには、かなりの巨大魚を想定しなければならない。したがって、海藻の闇のなかで、なにかとんでもないものがロープに引っかかったのだと悟った。そう思うと、切断されてしまうかもしれないと不安になり、次にはそのとんでもないものが、ヒモを伝ってこちらに登ってくる可能性も悟った。だから、大男の水夫に大振りのカトラスを構えて待機するよう言ってから、わたしは水夫長《ボースン》のもとに駆けつけて起こした。そうしてなにかがヒモにからんでいるらしい状況を説明すると、ただちに自ら確認しに行き、手を乗せてみた。すると彼は、全員を起こして、彼らを焚火のところで待機させるよう、わたしに命じた。要するに闇夜になにかが現われ、われわれは攻撃される危険があると判断したのだ。彼と大男の水夫はロープの末端で待ち構え、ときどきその張り具合を確かめながら、可能なかぎり闇に目を凝らした。

やがて、思いついてヒモに触れた水夫長は突如、自分のうかつさに気づいて悪態をついた。なぜなら、ずっと重くて強く張られているロープの方は、なにかがからんだとしても察知するのは困難である。それなのに、ヒモの方に干渉するものがあれば、太いロープの方にも干渉があるはずだと思い込んで、彼は警戒してそこに待機した。ところが、ヒモの方は海藻面を伝っているのに対し、太いロープの方は暗くなるまえは数フィート宙に浮いていたわけだから、怪しい生き物が出現してもからみついたりするはずがないのであった。

そんなふうに一時間経ったろうか、われわれは見張りの任務に加えて次々と焚火の世話をして回り、ちょうど水夫長の最寄りの火に近づいたわたしは、数分話そうと足を向けた。しかし、その寸前でたまたまロープに手を乗せ、驚いて声を上げた。夕刻触れたのにくらべてずっとゆるんでしまっている。なので、気がついているか水夫長にたずねると、その場でロープに触れ、わたしに劣らず驚いた。彼が最後に触れたときには、ぴんと張っていて風に鳴っていたそうだ。この現実からすると、なにかがロープを噛み切ってしまったのではないかと、彼はひどく不安になった。本当に切れたかどうかわかるだろうと、ロープを引っ張らせるため彼は全員を呼んだ。しかし、集まったみなで引っ張ってみると動かず、突然ゆるんだ原因は不明のままであるが、みな内心では大いに安堵した。

それからほどなく月が昇り、島と開けた海面と海藻大陸になにか動くものがあるかどうか観察できるようになった。しかし、谷間にも崖の表にも開けた海面にも、生き物の動きはまったく認められなかった。海藻のなかも同様だが、もつれあう影のあわいは見えないにひとしかった。さて、われわれが襲撃される怖れがないのがわかり、目の届くかぎりでは、ロープやヒモを伝って上がるものもないので、水夫長は見張りを除いてみな寝るよう命じた。しかし、テントに入るまえにわたしはロープを慎重に調べた。水夫長も調べたが、ゆるんだ原因はわからずじまいだった。しかし、月光のおかげで、夕刻に張られていたロープが、まったく唐突に下降してしまったのはきわめて明瞭に見てとれた。そうなると、廃船の人々がなんらかの理由でゆるめたという以外には考えようがなかった。そのあと、われわれはテントに向かい、しばしの眠りに入った。

早朝、見張りの一人が水夫長を起こすためテントに入ってきたので、われわれは目が覚めてしまった。夜のあいだに廃船が動いたらしいというのである。そのため、いま船尾は島の方に向いている。その報せにわれわれはみな、テントをとびだして丘のへりに向かい、見張りの報告どおりなのを確かめた。わたしはこのとき、ロープが突然ゆるんだ理由を悟った。何時間か圧力に耐えたあと、ついに船は張力に屈して船尾をわれわれの方に向けてすべらせ、同時に船自体もこちらに近づいたのだ。

そしていま、上部構造の見張り台の男が挨拶がわりに手を振ってよこしたのに気づいて、われわれも答礼した。すると水夫長はわたしに、海藻から船を出せるかどうかを問い合わせる手紙を急いで書くよう命じた。実に、水夫長およびみなと同じく、この新しい考えには、わたしもすっかり興奮して書いた。もし彼らにそれができるのなら、帰郷するためのあらゆる問題が容易に解決するからだ。虫がよすぎて信じ難いが、望まずにはいられない。そうして、手紙が書き上がると油布の小さなバッグに入れ、ヒモを手繰るよう廃船の人々に合図を送った。しかし、彼らが引こうとしたとき、海藻の真ん中ですさまじい水しぶきが上がり、手繰れなくなったようだった。やがて、ややあってから、見張り台の男がなにかを持って狙いをつけた。すぐ男の面前で小さな煙が生じたかと思うと、マスケット銃の発射音が聞こえた。それでわたしは、男が海藻中のなにかに発砲したのがわかった。二度、三度と弾を浴びせると、彼らはヒモを手繰れるようになった。それでわたしは銃火が効果を上げたと知ったのだが、銃撃を加えた相手の正体はわからなかった。

やがて彼らはヒモを引きもどすよう合図してきた。しかし、ヒモは重くて難行だった。すると上部構造の最上段の男はもっと強く引くよう合図した。われわれが苦労していると、彼はふたたび海藻への発砲をはじめたが、われわれには効果のほどはわからなかった。やがてまたわれわれに引くよう合図してきた。今度は幾らかよくなったが、それでもなお重く困難で、騒乱する海藻にヒモがかかって、ところどころ沈み込んでいた。それでもついに海藻を越えて、崖の登りにかかると大ガニが見えた。われわれは大ガニがしがみついたヒモを自分たちに向かって引っ張っているのだった。強情なやつで、頑としてヒモを放そうとしない。

　だとすると、カニの大爪でヒモが切られる恐れがあるので、水夫長は一同の槍の一本を急いで手にして崖のへりに駆けつけると、ヒモにこれ以上余計な力をあたえないためわれわれにそっと引くよう声をかけた。そういうわけで、われわれは丘のへりのすぐ近くまで怪物ガニをきわめて着実に引き上げた。そこで水夫長は、引くのを止めるようわれわれに手を振って合図した。すると彼は槍をかまえ、前回の攻撃と同じく、怪物の眼に槍を突き立てた。するとたちまち大ガニはヒモを手放し、崖の下の海面に落下して大きく水をはねちらかした。水夫長は残るヒモを手繰るよう命じ、われわれは小荷物を手にした。その間、彼はカニの大顎にやられていないかどうかヒモを点検したが、わずかなすれ傷があるだけで、強度には問題なく済んだ。

　そうして手紙が届き、わたしは開封して目を通したが、これまで通りの女性の筆によるものだった。それによると、これまで密集して身動きできなくさせていた、とりわけぶ厚い海藻のかたまりを船が押し分けて抜けてしまったとあった。そして、高級船員の唯一の生き残りである二等航海士《セキメート》は、いまが船を海藻から出す好機かもしれないと考えている。ただし、徐々に海藻が分かれるようにするので、きわめてゆっくりとやらなければならない。さもないと、船が巨大な熊手のような働きをして、かえって海藻をかき集めてしまい、開けた海面に出る妨げを自らつくり出してしまう。そして末尾にはよろしくとの挨拶の言葉と、無事な夜をみなさまが過ごせますようにとあり、いかにも女性らしい心づかいに感じ入り、これをしたためたのは亡き船長の奥さんだろうかと思い巡らせた。やがて思いにふけっていたわたしは、一人の男の叫びでわれに返った。船内の人々がふたたびロープをぴんと張りはじめたというので、わたしはしばらく立って、たるみがとれてロープがゆっくり上がるのを見守った。

わたしがロープに見とれて立っていると、海藻のなか、三分の二ほど船に近寄ったところで、ただならぬ動きがあり、ロープが海藻から離れただけでなく、二十四ほどだろうか、巨大ガニがしがみついているのが見えた。この光景に何人かが驚きの叫び声を上げ、上部構造最上部の見張り台に出てきた男たちから、すぐさま怪物ガニに向けてたて続けの銃撃がはじまった。怪物ガニは一匹、二匹と海藻へと落下し、やがて廃船内の人々は引っ張りを再開し、まもなくロープは海面から数フィートまで浮き上がった。

さて、彼らが適当と考える程度にロープがぴんと張ると、あとは船にその効果がおよぶのを待つばかりとなり、彼らはロープに大滑車を架けると作業にかかった。そして自分たちにヒモの中央が届くまでゆるめるよう、合図を送ってきた。彼らはこれを滑車の首に引っ掛けて巻きつけ、フックを引っ掛ける環索《かんさく》のループを利用してロープに吊るした腰掛け板《ボースンチェア》を滑車に取り付け、運搬装置とした。われわれはこの装置により、海藻の表面を引きずることなく、廃船とのあいだで物品のやり取りが可能になったのである。事実、この方法でわれわれは船内の人々を島に引き揚げるつもりだった。しかし、いまや計画は船自体を救出するという大規模なものとなり、それに加えて運搬装置を支える役割のロープは、人を岸に引き上げる試みに入るには、海藻大陸の宙に安全上充分な高さで張られていない。船ごと救える見込みが出てきたからには、中間部のたるみをいま必要な高さまで上げようと無理に引っ張って、ロープがちぎれる危険を冒したくない。

やがて、水夫長は一人の男に朝食をつくるよう命じた。準備できるとわれわれは腕を負傷した男を見張りに残して集まり、みなが食べ終えると、指を失った男を交替に送り、見張りの男が焚火まで来て朝食を摂れるようにした。そのあいだに水夫長はわれわれを連れて降り、夜に備えて海藻と葦を集めさせ、朝方の時間はあらかたなくなった。この仕事に片をつけると、われわれは事態がどう進展しているかを知るため丘の頂上にもどった。すると、見張りの男が言うには、廃船内の人々はロープがたるんで海藻に接してしまうのを防ぐため、二度に渡って引っ張らざるを得なかった。その結果、海藻の上を滑って、船は島に向かってゆっくり後進したのを、われわれは知った。船に目をやると、近づいたのがなんとか見てもわかりそうだったが、それは思い込みにも等しいものだ。なぜなら、船が動いたのはせいぜい数ヤードにすぎないからだ。それでも、われわれは大いに喜び、上部構造の見張台に立つ男に祝賀の手を振ると、あちらも手を振った。

しばらくして、われわれは昼食を摂り、食後の一服を満喫した。そのあと水夫長はそれぞれの傷の手当てをした。そんなふうにして、われわれは午後、廃船を見渡す丘の頂上に坐って過ごした。船はロープを三度にわたって引っ張り、夕刻までには六十ヤード近く島に接近したというのが、われわれの問い合わせへの回答であった。午後のあいだに、水夫長に促されて、わたしは何通か手紙を送ったりして、運搬装置はこちら側に来ていた。そのうえ彼らは、夜間もロープの張力を保つよう見張り、ロープが海藻に触れないようにすると述べていた。

そうして夜が近づき、水夫長は丘の頂上の同じ各所に焚火をたくよう命じた。かくして、われわれは夕食を手早く済ませて、夜に備えた。夜通し廃船上には灯りがともされ、見張り番の際、われわれの仲間意識を盛り立ててくれた。さしたる事件もなく夜が過ぎ、ついに朝が来た。するとわれわれの心をときめかせる事態が生じていた。一夜のうちに船は大接近していたのだ。もう誰が見ても思い込みとは言えないほどで、ほぼ百二十ヤード島に近づいたにちがいなく、見張り台に立つ男の顔が見分けられそうだった。廃船の細部もずっとはっきりし、われわれは興味も新たに船をじっくり見た。すると見張り台の男が朝の挨拶代わりに手を振ったので、われわれも熱烈に手を振って応じた。そうしているあいだにも、男のかたわらに第二の人影が現れ、なにか白いものを振った。どうやらハンカチーフのようで、女性と察するに足るところから、われわれは全員かぶりものを取って彼女に向かって振った。そのあとわれわれは朝食を摂りに向かい、食後水夫長は銘々の傷を手当てしてから、指を失くした男に見張りをさせ、腕を噛まれた男を除き、われわれを率いて焚き木を集めに丘を降り、昼食近くまでその作業に従事した。

われわれが丘の頂上にもどると、見張り番が少なくとも四度にわたって船はロープを引っ張ったと言った。確かにちょうどそのときも船内の人々はロープを引いている最中だったし、午前中というかぎられた時間でも、船は目に見えて近づいていた。さて、彼らが手繰り込みを済ませたとき、ロープの全線は軽々と海藻の上空に張られ、もっともたるんだ低いところでもおおむね二十フィートの高さを保っているのが認められた。これを目にして、ふとある思いが浮かんだわたしは、そのまま水夫長に伝えた。廃船の人々をこちらから訪問せずにいる手はないという、わたしの思いつきを。しかし、いざ口にすると、彼は首を振り、しばらくわたしの願いを聞き入れようとしなかったものの、やがてロープを確かめ、わたしが島側でもっとも体重が軽いのを考慮したうえで、彼はしぶしぶ承諾した。それを受けて、わたしはこちら側に届いていた運搬装置に走り、腰掛け板《ボースンチェア》に乗った。すると、一同はその意図を悟るや否や、わたしに熱烈な拍手を送り、あとに続きたがった。しかし、水夫長は黙るよう命じて、自らの手でわたしを腰掛け板のロープに結わえつけた。そして船内の人々にもヒモを引くよう合図を送る一方、こちら側のヒモを按配して、海藻上へと降下するわたしの速さを抑えた。

そんなふうにして、わたしは海藻上で弓形にたるむロープの最下点に達し、今度は廃船の後檣《ミズンマスト》へと上昇する。そこでわたしはこわごわ下に目をやった。というのも、わたしの体重でロープはひやりとするほど下がり、一見穏やかなその表面の下に隠されている恐怖の数々をまざまざと思い出したからだ。しかし、底にいる時間はながくなかった。船内の人々は、ロープが危険なまでに海藻上へと垂れているのを知り、引きヒモを全力で手繰ってくれたので、わたしはたちまち廃船に到着した。

さて、船の間近まで来ると、上部構造部に彼らが設けた、後檣の折れた先端直下の狭い見張り台に人々が集まり、大きな喝采の声を上げながら両腕を広げて歓迎し、先を争うようにロープで吊った腰掛け板に殺到して、わたしを縛りつけたヒモをほどくなんてまどろっこしいとばかりに切断して腰掛け板から解き放った。そして、わたしは下の甲板へ案内され、ろくに話もしないうちに現われた豊満な女性にひしと抱き締められ、強烈なキスの洗礼を受け、心底面食らってしまった。しかし、周囲の男たちはただ笑うばかりで、まもなく女性から解放されたわたしは、まるで馬鹿としてか、英雄としてあつかわれているのか、要領を得ないまま立ちつくした。まあ、どちらかといえば後者のようであるらしいが。このとき、第二の女性が現れた、わたしはこれ以上もなく礼儀正しいお辞儀で迎えられ、海藻ひしめく孤立と恐怖の廃船にいるというより、どこかのおしゃれな社交場にいると勘違いしそうだった。彼女の登場とともに男たちの歓喜は消えて冷めた表情になり、先の豊満な女性はどことなくためらって後方に退がってしまった。この変わりように、わたしはひどく困惑してしまい、どういうことかと、一人一人の表情を窺った。しかし、その瞬間、女性はふたたびお辞儀し、小さな声で天候について語って、わたしに視線を上げた。すると、その目を見たわたしは、とても複雑で憂鬱な表情をしているのに気づき、彼女の現実離れした行為と言葉のわけを、たちまち悟った。哀れなこの女性は正気を失っている。のちにわたしは、この女性が亡き船長の妻であるのを教えられた。そして、大ダコの触腕にかかって夫が死ぬ光景を目撃したのだと聞き、彼女がこのような窮状におちいった事態が理解できたのであった。

さて、相手の女性が狂気にあるとわかったわたしは、彼女の言葉にどう答えればよいかわからず、はたと困ってしまった。しかし、困惑するにはおよばなかったらしい。彼女はきびすを返し、船尾の社交室へ続く階段室へ向かった。階段室は開けっぱなしで、彼女はそこで金髪の魅力的なメイドに迎えられ、手を引かれて階段を下り、わたしから見えなくなった。しかし、すぐにこのメイドはもどって来ると、わたしに向かって甲板を駆けてきた。そして、わたしの両手をとって振り、いたずらっぽいおどけた目で見上げた。哀れな狂った女性の挨拶を受けて硬直したわたしの心は温かになった。そして彼女はわたしの勇気をたたえる言葉をしきりに述べ立てた。心の中ではわたしにそんな資格はないとわかっていたが、語るにまかせていた。やがていくらか落ち着きをとりもどした彼女は、なおわたしの両手を握っているのに気がついた。実際、わたしとしてはその間、大きな喜びを感じていたのだが、気づいた彼女は慌てて放すと、一歩退き、その話しぶりにもよそよそしさが少し加わったが、ながくは続かなかった。なにせ、われわれはどちらも若く、しかもわたしの印象からすると、おたがいに早くも魅かれていたのだ。さりながら両陣営ともに知りたいことばかりで、質問に次ぐ質問、答に次ぐ答に追われ、個人的な会話など不可能であった。このようにしてひとしきり過ごしたあと、われわれは二人だけ残された。船はまた移動してロープがたわんでいたので、彼らはロープを巻き取る揚錨機《キャプスタン》のところへ行って、ひとしきりせっせと動かす必要が生じたからだ。

まもなく、メイドはメアリー・マディソン、船長の未亡人の姪であるとわかった。船内を一回り案内してくれるというので、わたしはこれ幸いとばかりに受け入れた。だが、まずわたしは、船の人々がどのような方法でロープを受ける後檣の下檣を支えたのか、調べるために立ち止まった。するときわめて巧妙になされていて、上部構造自体に負担をかけずにロープを張るため、マストの最上部周辺の構造物を取り除いているのに、わたしは気づいた。そして、船尾楼《プープ》を見終わると、彼女は下の主甲板へと案内した。わたしが強烈な印象を受けたのは、彼らが船上に造り上げた構造物の並外れた大きさと、それを遂行した高度な技術であった。支柱は甲板の端から端まで渡され、計算された強固さを保って負荷に充分耐えるようになっていた。しかし、これほど大規模な構造物をつくるのに必要な大量の木材を、いったいどこから調達できたのか、わたしにはさっぱり解けない謎だった。しかし、彼らは中甲板を外してしまい、さらに余分な隔壁をすべて省き、そのうえ資材として使える大量の荷敷きがあったという彼女の説明で、納得がいった。

　そして、ついに調理室へとやってきた。あの豊満な女性が料理人に任命されていて、二人のかわいい子供たちが一緒にいた。一人は男の子で五歳ほど、もう一人はやっとよちよち歩きから脱したかどうかの女の子だった。それでわたしは振り返り、マディソン嬢にこの子たちはいとこなのかとたずねたが、口に出したとたん間違いに気づいた。船長はおよそ七年前に亡くなっているとのことだったからだ。しかし、調理室の女性がわたしの質問に答えた。彼女は振り返り、少し頬を染めて、自分の子だと教えてくれた。わたしは驚いたものの、この船に夫も乗り合わせていたのだろうと思った。しかし、わたしの考えは正しくなかった。彼女はさらに説明し、死ぬまでここで過ごすしかないと考え、しかも船内大工《カムネン》に惚れたので、はばかりながら結婚式をしようと決意し、二等航海士《セキメート》に結婚式で必要な文句を二人のために朗読してもらったのだという。そして彼女は女主人すなわち船長の妻と、出帆時にはまだ子供だった姪を助けての渡航の次第を語った。彼女は二人を親身になって世話したし、二人も信頼をよせてくれた。やがて話を終えるにあたって、彼女はやむをえない事情にあったけれど、自分の結婚が罪を犯したことにならぬよう望んでいると語った。なので、わたしはこれに答えて、まともな男ならあなたを咎《とが》め立てなどできないと請け合い、わたしとしてはむしろ、公然と式を行なった勇気に敬服すると言った。それを聞いた彼女は、手にしたお玉を投げ捨て、両手を拭きながら向かってきた。わたしはあとじさった。またもや、しかもメアリー・マディソン嬢の前で抱き締められてはかなわないからだ。それを見て彼女は思いとどまり、心から笑った。しかし、そのかわり、わたしの上に天恵を下したまえと心から祈ってくれた。それなら赤面するはめになるわけもなく、そうして、わたしは船長の姪と一緒に先へ進んだ。

やがて、廃船を一巡すると、また後方の船尾楼にやって来た。すると彼らはいま一度、実に元気よくロープを引っ張っていた。ということは、取りも直さず船がなお動いている証明であった。そうしてまもなく、叔母を世話しに娘は去った。さて彼女が行ってしまうと、海藻大陸の外、一般世界のニュースが知りたくてたまらない人々に取り囲まれ、一時間ほどわたしは彼らの質問に答えるのに大忙しだった。やがて二等航海士が、またロープを引っ張るために彼らを呼び出した。そして揚錨機に彼らと一緒に取りついて、ふたたびロープの張りを強めた。そのあとまた、彼らはわたしを質問ぜめにした。なにせ、幽閉状態におちいった七年の歳月のあいだにはいろいろのことが起きたにちがいないのだから。やがて、しばらくして攻守ところを変え、マディソン嬢にたずねそこなった質問を彼らにぶつけた。すると彼らは、海藻大陸の恐怖と病理、その荒涼とおぞましさ、そして故郷や同胞の姿を二度と見られずに全員がここで生涯を閉じるという思いから逃れられない不安感におちいった現実を、わたしに明かしてくれた。

さて、この頃になって、わたしは非常な空腹を覚えるようになった。廃船に来たのは昼食時で、以来食べ物のことなど思い浮かびもしなかったが、こちらにきてからなにひとつ食べていないのだ。彼らがわたしの来るまえに食事を済ませていたのは疑いない。しかし、いまや腹がぐーぐー鳴ってしまい、わたしは空腹を思い知らされたので、こんな時間になにか食べるものはあるかとたずねた。すると一人の男が調理室に駆け込んで、あの女性にわたしが昼食を食べそこなっていると伝えたので、彼女は大騒ぎで取りかかり、とても旨い食事を用意してくれた。彼女は船尾へ運び、社交室に配膳してから、わたしを案内した。

やがてだいぶ空腹が癒されたとき、背後から軽快な足音が聞こえたので振り返ると、マディソン嬢がいたずらっぽく、どこか面白そうに、わたしを見ていた。急いで立ち上がると、彼女はわたしに坐るように言って、自分も向かい側の席に腰をおろした。そして、人を不愉快にはしない優しい陽気さでわたしをからかったので、わたしもなんとかやり返した。それから、わたしは彼女に質問をはじめ、いろいろ知るうちに、彼女が廃船側の代書人を務めたのがわかり、ちょうど島側で同じ役割をわたしが務めていたのを話した。そのあと、われわれの会話は親密の度を深め、彼女の年齢が十九歳間近であるのを知り、それに対してわたしは二十三歳になっていると語った。そうしてお喋りを楽しんでいたが、やがて帰島の準備をしたほうがよいと思いつき、わたしは席を立った。しかし、こちらにいるほうがずっと仕合わせに思えた。一瞬、わたしは彼女を不愉快にするのではないかと思ったが、いざ帰らなければならないと口にしたとき、彼女の目差しが翳ったような気がした。しかし、それはわたしのうぬぼれかもしれない。

甲板に出ると、彼らはロープをぴんと張る作業にまた従事していて、マディソン嬢とわたしは作業の終了まで、気の合う者同士だとわかった旧知の男女のあいだで交わされるたぐいの健全なお喋りに興じた。やがて、ついにロープが強く張られると、わたしは後檣《ミズン》の台に上がって、板椅子に坐った。すると、数人の男たちがわたしを落ちないよう椅子にきつく縛りつけた。そして彼らがわたしを島に引き上げるよう合図を送るが、しばしなんの動きもなかった。やがて、理解できない合図があったが、わたしに海藻を渡らせる動きはなかった。そのため彼らはわたしの椅子へのいましめを解き、文書を送ってなにが悪いのかを突きとめるまで下りてくれと言った。彼らが連絡すると、やがて返事がもどり、ロープの撚りが崖のへりでちぎれてしまったので、すぐに少しゆるめてくれと書いてあったので、落胆の言葉をこもごも口にしながら、彼らはそうした。そして一時間ほど、頂上のへりのすぐ下あたりでロープにとりついて作業する男たちを、われわれは見守った。マディソン嬢も脇に立って見ていた。成功のとばくち口にいたのに、失敗（たとえ一時的なものにせよ）の可能性が急浮上するのは、いつでも恐ろしいことだったからだ。

しかし、ついにこちらの引っ張りヒモをゆるめてくれと島から合図があった。運搬台が先方に動くよう、われわれはヒモをゆるめた。すると、少ししてからわれわれに手繰るよう合図してきた。そうすると、運搬台にくくりつけられたバッグのなかに手紙が入っていた。水夫長はロープを強化し、新しい摩擦除けを巻いたので、これまで同様に引っ張ってもらえると思うが、張力を弱めにしてくれと書いてきた。しかし、海藻上を通らずに済むまで、わたしは船にいるべきだと述べて、危険を冒すのを断ってきた。もしロープの撚りが一ヵ所ちぎれたとすれば、過大な負荷がかかれば、ほかの場所でも問題が起きる可能性がある。水夫長のこの最後のくだりには、みな深刻な思いになった。確かに彼の指摘はもっともな気がしたが、ロープが崖のへりで摩擦してほつれたので、強度が低下して撚りが切れたという受け入れやすい説明で、彼らは納得してしまった。しかし、初手から水夫長が摩擦除けを巻いたのを知っているわたしは、彼らほど安心はできなかった。ただ、わたしは彼らの不安をつのらせるような口出しはしなかった。

そんな次第で、その夜わたしは廃船で過ごさざるを得なくなった。しかし、マディソン嬢に続いて広い社交室に入ったわたしは、落胆するどころか、ロープに関する心配もすでに頭から消えかけていた。

そして、外の甲板では揚錨機が、ひどく陽気にカタカタ鳴り響いて動いていた。

16　解放

さて、マディソン嬢は腰を下ろし、わたしにも勧めると、二人はお喋りをはじめた。ロープの撚《よ》りのちぎれがまず話題となったが、わたしは急いで彼女を安心させ、次第に話は発展し、若い男女の必然としておたがいの私事におよび、大いに盛り上がった。

やがて、水夫長《ボースン》の短信を携えた二等航海士《セキメート》が入ってくると、彼女に読ませるためテーブル上に広げた。彼女に促されて覗くと、誤字のあるぶしつけな文章で、島から多量の葦を送ろうかとの提案が書かれていた。そうすれば廃船の船尾にからんだ海藻が幾らか散らせるから、船の行き足が助けられるであろうと。そして、二等航海士はこの短信への返事を彼女に書くよう求めた。われわれは葦をありがたく頂戴し、ご指摘の作業に相勤めるつもりであると記述した。これをマディソン嬢はしたため、わたしがなにか付け加えたい用件があるかもしれないと、手紙を渡した。しかし、なにも伝えたいことはなかったので。ありがとうと言って返すと、彼女はすぐに二等航海士に渡した。彼は出て行き、ただちに送付した。

やがて調理室の恰幅のよい女性が船尾に現われて、社交室の中央のテーブルに食器を並べながら、さまざまな事柄について知りたがった。その口調は自由で気取りがなく、わたしのお相手に仕えるというより母親代わりに見えた。彼女がマディソン嬢を愛しているのはきわめて明白であり、身分をわきまえないと彼女を責める気にわたしはなれない。そのうえ、マディソン嬢も古くからの子守りに親愛の情を感じているのは、わたしから見ても明らかだった。この年長の女性がこの間ずっと彼女の世話を焼き、あるいは善良で陽気な友ともなっていたとすれば、それも当然であろう。

しばらく、わたしは豊満な女性の質問に答えるかたわら、ときたまマディソン嬢がさしはさむ質問にも応じていた。すると、やがて唐突に頭上で男たちの騒がしい足音がしてから、甲板になにかがどさっと落ちるのが聞こえた。その音でわれわれは葦が到着したのを悟った。するとマディソン嬢は歓声を上げ、葦をどんなふうに使うのか見に行こうという。なぜなら、船の進行の妨げを葦で緩和できれば、それだけ早期に開けた海面に出られるわけで、そうなれば現状強いられている、ロープを強く張る作業の必要もなくなるからだ。

われわれが船尾楼《プープ》に出ると、船尾の上部構造の一部を外しているところだった。そのあと彼らは丈夫そうな葦を手にして、船尾手摺に一列に広がって海藻相手の作業に取りかかった。しかし、危険を予測しているのがわかった。というのは、そこに二人の男と二等航海士が、三者ともマスケット銃で武装して立っていたからだ。豊富な体験を通じてその恐怖を熟知している彼らは、海藻を厳重に監視して、いつでもただちに発砲できるかまえをとっていた。そうして幾許《いくばく》かすると、海藻の排除作業が効果を上げているのが明らかになった。ロープが目に見えてたるんできたのである、揚錨機《キャプスタン》を担当する者たちは大わらわで、ある程度は張力を保とうと、ロープを次々と巻き上げ装置に巻き取っていた。彼らが懸命に働いているのを見て、わたしも駆けつけて手を貸し、マディソン嬢もわたしに習い、揚錨機の車地棒《しゃちぼう》をお祭り気分で熱心に押した。しばらくそうしているうち、索漠とした海藻大陸に夜が近づきはじめた。すると、豊満な女性が現われ、われわれに夕食に来るよう申し渡した。その話し方も、子供に対する母親のようであった。しかしマディソン嬢は、手が放せなくなったから待ってよ、と叫んだ。すると恰幅のよい女性は笑い、まるで首根っこをつかまえて連れてくぞと脅すような態勢で向かってきた。

そして、この瞬間に、われわれのお祭り気分に冷や水を浴びせる妨害が入った。出し抜けに船尾でマスケット銃の発砲音があった。叫び声が続き、ほかの二挺からも、頭上でアーチ形をなす上部構造に音がこもって、雷鳴さながらの銃声が響いた。そしてすぐ、船尾手摺の男たちがクモの子を散らすように逃げてきたかと思うと、彼らが作った上部構造物の開放部のあちこちに、大きな触腕が出現したのが見えた。そのうちの二本がひくひく動いて船内に入り、あちらこちらを漁った。しかし、恰幅のよい女性は近くにいた男を押しのけて危険から救った。その次にはマディソン嬢をその太い両腕でかかえ上げると、主甲板へとそのまま駆け下りた。それらすべては、わたしが直面する危険の全貌をつかむ余裕もなく生じた。しかし、いまやわたしはどう行動すべきかを悟り、大急ぎで船尾から相当後退し、安全な距離を取ると立ちつくして、暮れゆく光のもとで巨大な触腕をうごめかして獲物をむなしく漁る巨大生物を眺めた。やがて、さらに銃を持った二等航海士がもどり、わたしの目の前で全員に銃を配り、わたしにも予備のマスケット銃を渡した。われわれは、一斉に怪物に向けて発砲した。すると猛烈に触腕を振り立てたが、何分かすると、触腕は開放部から後退し、海藻へとずり落ちた。それを合図に、何人かの男たちが取り除いてあった上部構造の部材を大急ぎでもとの位置にもどし、わたしもそれに手を貸した。しかし、人数は足りていたので、わたしがとくに手伝うまでもなかった。そのため、彼らが開放部を閉め切るとき、わたしは外の海藻の海を覗く機会があった。すると、船尾と島のあいだの海上は一面、波立ち騒いで、まるで直下を巨大な魚が泳いでいるかのようだった。そして、最後の大板を男たちが閉める直前、海藻が沸騰した大なべさながら盛り上がって見え、そこから何千もの巨大な触腕が宙に伸び、そして船を目差してくるのが、おぼろげに認められた。

そのとき、大板はもとの位置にはめられ、男たちは急いで支えの突っ張りをかう作業に入った。それが完了すると、われわれはしばし立ちつくして耳を澄ませた。しかし、海藻大陸を吹き抜ける風のうなり以外、なにも聞こえなかった。それを受けてわたしは、なぜ怪物たちの攻撃する音がしないのか、男たちを振り返ってたずねた。すると彼らはわたしを上の見張り台に連れ出した。わたしはそこから海藻を見渡した。しかし、風のそよぎ以外なんの動きもなく、大ダコの気配はどこにもない。わたしが不思議そうな顔をしているのを見て説明してくれたのは、海藻が動くとやつらはあちこちから集まってくるが、船上に動くものが見えなければ滅多に船体には触れない。だから、と説明を続け、船の周囲には海藻に隠れておびただしい数がひそんでいるとはいえ、われわれがやつらの手の届くところに姿を見せないよう注意していれば、朝までにはあらかたいなくなってしまうと言った。これを男たちは淡々と語った。彼らはこうした異常事態にすっかり慣れていた。

やがて、マディソン嬢がわたしの名前を呼ぶのが聞こえ、つのりゆく闇の世界から、上部構造物の内部へと降りた。なかでは、ボロを芯にした粗末な廃脂肪ランプ《スラッシュ》が多数ともされていた。この油は調理で出た廃物の脂肪で、大群をなして海藻の下を泳ぐ、ほとんどどんな餌でも簡単に釣れる魚から得たものであると、わたしは後に聞かされた。そして、わたしが光のもとにそろそろ降りると、夕食に呼びに来た娘が待っていた。そのときわたしは、夢のような心地に自分がなっているのに気づいた。

まもなく、食事が済むと彼女は椅子に背をもたれ、またもやいたずらっぽいやり方でわたしをからかいはじめた。彼女にはそれが楽しくてたまらないらしく、わたしも負けじと対抗した。そうして二人はさらに熱く語り合い、そんなふうに夕刻の時間はあっという間に過ぎた。

そのとき、彼女はふと思いつき、見張り台へ行ってみようと提案した。わたしは願ったりかなったりで同意した。そして二人は見張り台に出た。いざそこに立ってみると、彼女の奇抜な思いつきの理由がわかった。というのは、廃船の船尾を越えた先の暗闇、天と海のあわいが燃えていた。紅蓮の光華が夜に咲いている。ものも言えないほどびっくりしてその奇観に見とれているうち、ふと気づいた。それは、大きい方の丘の頂上で燃える焚火の炎だと。丘は夜の闇に沈んで隠され、まるで虚空に架かるように火群《ほむら》だけが実在している。美しくも衝撃的な夢幻の光景だ。やがて、見守るうち、光焔の端に突如、黒々としたちっぽけな人影が見えた。それは廃船を確認するためか、あるいはロープの張り具合を調べるために丘のへりに出てきた誰かの姿であるのが、わたしにはわかった。さて、この景色の素晴らしさを誉めそやすと、マディソン嬢はいたく喜び、この夜景を見るために何度も上がってきたのだとわたしに言った。そのあと、二人は上部構造物の内部にまた降りた。こちらでは、夜間の見張り体制に入るため、男たちがロープをさらに引っ張っていた。彼らはロープがゆるんだらいつでも人を呼べるよう、一人ずつ不寝番を立てていた。

のちにマディソン嬢からわたしの寝る場所を教えられ、おたがい心のこもった就寝の挨拶を交わした。そして二人は別れ、彼女は叔母のようすを見に行き、わたしは見張りの男とお喋りをするため主甲板へ出た。そんなふうに真夜中まで時間を過ごし、その間もロープを張るため三度にわたって男たちを起こした。船は急速に海藻のなかを進みはじめていた。まもなく眠くなったわたしは、おやすみなさいと言って寝台に行き、何週間かぶりにやっと敷き布団の上で休んだ。

さて、朝が来て、わたしはドアの外のマディソン嬢の呼びかけで目覚めた。しかも、ひどく生意気な調子でわたしを寝坊助《ねぼすけ》呼ばわりするので、大慌てで服を着て社交室に駆けつけると、彼女が朝食の準備を整えてくれていたのは、わたしにとって起き抜けの褒美だった。しかし、彼女はまずわたしを見張り台へと連れ出した。先に立って、いかにも嬉しそうにうたいながら、ご機嫌で駆け上がってゆく。そうして、上部構造物の上に出たわたしは、彼女のお祭り気分の理由がよくわかった。それは、ひと目見るなり、たまらないほど嬉しくなる光景だったが、それにつれて怪訝《けげん》な気持もふくらんで来た。というのも、なんと見よ！　一夜のうちに船は海藻のなかを四百ヤード近くも進んでいたのだ。というわけで、これまで稼いだ分にそれだけ足されたいまは、海藻の端まで六十ヤードほどしか残っていなかった。そして、見張り台でわたしの脇に立つマディソン嬢は、かわいらしいステップで床を鳴らして踊りながら、十数年ぶりに聞く、趣のある陽気で軽快な調子の、一時代前のしらべを口遊《くちずさ》んだ。そんな何気ない仕草は、この魅力ある娘がわずか十二歳にもならぬ年で、船ごと海藻大陸に幽閉され、世の中から隔絶されてしまった歳月のながさを、なによりも雄弁に語るのであった。胸がいっぱいになったわたしが、想いの一端を口にしようとしたとき、天上からと勘違いしそうな挨拶の声が降ってきた。わたしが顔を上げると、丘のへりに沿って並んだ男たちが手を振っている。そしていまや、丘はわれわれの頭上にそそり立っていて、一番手前の絶壁までまだ百四十ヤードほどあるのに、まるで廃船にのしかかるようだ。そうして、答礼の手を振り、われわれは朝食のために降り、社交室に入ると、美味いものを、それも十二分に平らげた。

やがて、食事が終わった頃、揚錨機の歯止めがカタカタ鳴ったので、甲板に急いで出ると、船のながかった幽閉状態にけりをつける最後の綱引きに加わろうと、二人で車地棒《しゃちぼう》を握った。そうしてひとしきり、われわれは揚錨機のまわりを回った。そして、わたしが横に並ぶ娘をちらりと見ると、彼女はまじめそのものの表情になっていた。確かに彼女にとっては未経験の重大なときだった。なぜなら、子供の目で見知っていた世界を、彼女は夢想してきたわけだが、長年の望みが絶たれた末にようやくそこにまた足を踏み入れ、いまやもとの世界で生きていこうとしている——夢想世界と現実の落差を乗り越えなければならないからだ。そういう思い詰めた気持がその表情に出ていた。というのも、こんなときには自分だったら、そんなふうに考え込むだろうと思ったからだ。だから、しばしわたしは彼女のとまどいを理解していることを示すという、いささか見当違いの努力を払った。すると彼女は悲しみと嬉しさの交錯する妙な表情を不意に浮かべて、わたしを見上げた。そして二人の目が合い、わたしは彼女の瞳のなかになにか新しい表情を認めた。わたしは初心《うぶ》な若者にすぎなかったが、それは心の琴線に触れてきて、突然この新しいものが有する苦しみと甘美な喜びで全身が熱くなった。すでに心の奥ではいち速くささやいていながら、わたしはあえて考えまいとし、そのため、わたしは彼女との別れがたちまち惨めに思われた。すぐに彼女は車地棒を握る両手に目を伏せた。ちょうどそのとき、二等航海士の叫び声がして、船が大きく進んだ。それで一同みな車地棒を抜いて甲板に放り出し、歓声を上げて見張り台に登る梯子へと走った。われわれ二人も続き、台に上がると、ついに船は海藻から脱し、島とのあいだの開けた水面に浮かんでいるのが確認できた。

ついに廃船が解き放たれたのを認めた男たちは、万歳とともに猛々しいまでの歓声を上げたが、実際、それもしごく当然のことであり、われわれも歓呼の仲間に加わった。すると歓声の渦のさなか、急にマディソン嬢がわたしの袖を引き、島の外れ、大きな方の丘のふもとが海へ突き出しているあたりを指差した。そこをボートがまわり込んでやって来るのに、わたしは気づいた。次の瞬間には、船尾に立って舵をとる水夫長の姿が見えた。ということは、わたしが廃船に滞在中、ボートの修理を完了したにちがいない。このときにはわれわれのまわりの男たちもボートの接近に気づいて、新たな喝采を送りはじめた。そして彼らは船首へと駆け寄り、ロープを投げる用意をした。さらにボートが近づくと、一同は露骨な好奇の目を向けたが、水夫長は不器用ながら、いかにも彼らしい礼儀を示して、かぶりものを取った。それに応えて、マディソン嬢は彼に心からの笑みを浮かべた。あとで彼女はわたしにきわめて率直に語ったが、自分は嬉しかっただけでなく、男性に興味をもつ年頃になって以来の乏しい経験に照らしてみると、あれだけ立派な図体で見かけが変でない人は滅多に見たことがなかった、と。

水夫長はわれわれに会釈したのち、二等航海士を呼んで声をかけ、島の反対側に船を曳航しようと申し出た。航海士は同意した。思うに、荒廃した海藻大陸と自分たちのあいだになにか障壁代わりを置くのは歓迎だからだろう。丘の上から派手な水しぶきをあげて、ロープが落とされ、われわれはボートに牽引された。そんなふうにして、丘の末端が見えるところまで来た。すると、軟風の影響を受けはじめたので、われわれは小錨《ケッジ》をロープに結びつけた。水夫長はそれを島の反対側へ運んで行ったので、船は島の風上側に八十ヤード引かれ、そこに小錨を降ろして停泊した。

さて、この作業が済むと、彼らはわたしの仲間たちを乗船させた。それからこの日はお喋りと食事に終始した。どちらもわたしの仲間は、幾らしても飽きることはないものだから。そして夜が訪れると、上部構造の後檣の下檣上部あたりから、取り払われていた部分がもとにもどされ、すっかり安全となって、仲間たちはベッドに入り、実際みなひどく不足していた、朝までぶっ通しの眠りをむさぼった。

翌朝、二等航海士は水夫長と相談し、巨大な上部構造物の撤去をはじめるよう命令を発した。すると誰もが熱心に取りかかった。しかし、それは時間のかかる作業であり、船上が裸になるまで五日間近くかかった。これが終了すると、次は船の応急艤装に必要なさまざまな部品を順序立てて揃えるのに忙殺された。というのも、あらかた取り外されて長期間使われなかったので、どこにしまったのか誰も覚えていなかったからだ。これに一日半が費やされ、それから手持ちの資材をなんとか生かして応急《ジュリ》マストなどを船に装備しはじめた。

いまや船からマストが取り去られてから、七年が経過しているが、乗組員は船の多くの円材《スパー》を、索具を切り落とすゆとりもないまま残していた。その当時は横っ腹に穴をあけられて海の藻屑と消えてしまう、きわどい危機を招いたが、いまとなっては大いにありがたいことだった。というのは、この偶然によって、われわれの手もとには、前檣最下部の帆桁《フォアヤード》一本、マストの下から二段目にあたる中檣帆《トップスル》の帆桁一本、大檣《メーンマスト》の上部の帆を支える、大檣上檣《メーントゲルン》の帆桁一本、前部マストの下から二段目、前檣中檣《フォアトップマスト》があった。彼らが保持していたのは、これにとどまらないが、細い円材は目的にかなった長さにのこぎりを入れられて上部構造物のつっかい棒に用いられていた。彼らはこれらの円材をなんとか確保してあっただけにとどまらない。予備の二段目用マスト、中檣《トップマスト》一本を左舷の波除けの腰板、舷檣《ブルワーク》に沿わせて固く縛りつけてあり、右舷には予備の下から三段目のマスト、上檣《トゲルンマスト》と、その上の最上段マスト、最上檣《ローヤルマスト》の予備各一本が腰板に沿わせて並んでいた。

さて、二等航海士と水夫長は船内大工《カムネン》に予備の中檣の工作をはじめさせ、それを材にしてマストの支えに使う檣頭縦材《トレッスル》と摩擦止めの当て木《ボルスター》を幾つか取って、索具取り付けの目を開けるよう命じた。ただし、粗《あら》仕上げでかまわないことにした。さらに彼らは、索具用の工作を前檣中檣《フォアトップマスト》、予備の上檣《トゲルンマスト》と最上檣にもほどこすよう命じた。

他方、その間に索具の準備がなされ、それが完了すると、予備の中檣を吊り揚げて大檣の最下段の代替として据えるための指股《さすまた》クレーンが用意された。

そして、依頼された作業を完了した船内大工は、三本のマストの下端部を受けて補強する階梯形《ステップカット》の頑丈な三つの木枠《パートナー》作りに取りかかった。これが仕上がると、彼らは下檣《ロワーマスト》三本、それぞれの下端前側の甲板に補強枠をボルトでがっちりと留めた。

そうして、すべての準備が済むと、われわれは大檣を引き揚げて立て、索具などを装備した。さて、それにけりがつくと、今度は前檣《フォアマスト》に取りかかった。これは彼らが保管してあった、本来下から二段目の前檣中檣を使った。そのあと、われわれは後檣《ミズンマスト》を引き揚げて立てたが、こちらには予備の上檣と最上檣を流用した。

さて、艤装をほどこすまえに、われわれはマストの補強を計った。まず最下段のマストの基部と繋索したあと、それぞれのマストと綱の途中に荷敷き《ダンネージ》をはさんだりくさびを打ちこんだりして、強く固定した。そうして、艤装を進めるにあたっては、張れるだけの帆を彼らがみな保持しているので安心していた。しかし、そのまえに、水夫長は船内大工に命じて、六インチのオーク材を用いた木製の檣帽《しょうぼう》を作らせた。これらの檣帽は下檣の基部、四角い首に合わせてあり、それぞれ仮のマストを抱けるよう、穴がひとつあけてある。そして、マストが据えられてから、ボルト締めできるように、各檣帽は二分されていた。

そうして、三本の仮マスト、下檣が立てられたので、われわれは前檣最下部の帆桁《フォアヤード》を大檣に吊り揚げて、大檣の帆桁、大檣下桁《メーンヤード》に流用した。そして同じように、中檣帆の帆桁《トップスルヤード》を前檣の帆桁に用い、その次には大檣上檣の帆桁を後檣《ミズン》に上げた。かくして、船首斜檣《バウスプリット》とジブ斜檣《ブーム》以外、マストや帆桁の円材《スパー》を完了した。

しかし、われわれは上部構造物の支えに使用していた小ぶりの円材の一本を用いて丸太ん棒の短い船首斜檣をなんとかこしらえた。なぜかというと、マストを支えるために張る支索《ステー》が前後ともに強度に欠ける恐れがあったからだ。われわれは前檣から二本の太綱《ホーザー》を下ろし、左右の錨鎖孔《ホースホール》を通して、これに留めて張った。こうしてわれわれの艤装は済み、あとは船が出発できるのを待って帆を結びつけるばかりとなり、かくして廃船は航海の用意を整えた。

さて、船の艤装と出航への準備には、七週間に一日欠けるだけの時間を要した。そして、この期間、海藻大陸に生息する希代《きたい》不可思議な生き物によるたちの悪い妨害をいっさい受けなかった。もっともそれは、島から幾つか甲板に持ち込んだ、広く平坦な岩の上で、乾いた海藻を夜通し焚き続けたせいかもしれない。しかし、面倒な事態にはならなかったとはいえ、われわれは船近辺の海面《うなづら》で希代な生き物が泳ぎまわるのを一再ならず目撃していた。しかし、焚火の葦を手にして船べりから火振りすると、こうした異界の魔魅は必ず退散した。

そして、水夫長と二等航海士が外洋に船出できる態勢――船内大工は船体にできるかぎり最善の修繕をおこない、どこにも問題はないと認めた――になったと判断できる、良好な状態まで船が仕上がった日がついに訪れた。もっとも船体下部には海藻やフジツボなどの付着があちこちすさまじかった。しかし、これはどうしようもない。このあたりの海域に棲息している希代な生き物を考慮すれば、船体の付着物をこそげるのは賢明ではないからだ。

さて、この七週間のあいだで、マディソン嬢とわたしは親密な間柄になった。それでわたしは名字で呼ぶのを止めて、メアリーと呼ぶようにした。そのほうがより強く親しみがこめられるのではないか、と思いついたからだ。わたしの気持をあからさまに示すことになるが、ここに記しておく。

われわれの両思いについては、いま考えても、あの器量人《きりょうじん》の水夫長が二人の心のありようを、どうしてあんなに早く知ったのか、いまひとつ腑に落ちない。ある日彼は噂話を聞いてぴんと来たと、わたしにいたずらっぽく遠回しにほのめかした。それはふざけ半分のものではあったが、その声と口調にはどこかうらやましそうな気配が感じられたので、わたしが彼の手をぽんと打つと、その大きな手で強く握り返した。その後、彼はこの話をいっさいしなかった。

17　帰郷の顛末

　さて、島と不可思議な海域をあとにする日が来た。心は浮き立ち、必要な作業をこなすのも鼻唄まじりだった。そうしてまもなく、われわれは小錨《ケッジ》を引き揚げ、船首を右舷に向け、やがて転《てん》桁索《こうさく》で帆を左舷開きにまわした。案の定、われわれの索具は動きが重かったものの、操作はとてもうまくいった。そして、船は動き出し、孤島の見納めとばかりに島の風下側へ向かった。船内の人々もわれわれに加わり、しばし言葉もないままじっとしていた。誰も口をきかず静かに後方に顔を向けていたが、過ぐる歳月を想う胸中は、察して余りあるものだった。

　そして水夫長《ボースン》が船尾楼《プープ》の前端に出てくると、船尾に集合するよう乗組員に声をかけた。彼らとともにわたしも応召した。わたしにとって彼らは労苦を共にした特別な仲間となっていたからだ。そして、一人一人にラム酒が振る舞われ、わたしも相伴にあずかった。食糧貯蔵室から運んで来たのは豊満な女性だったが、その木の手桶から汲んでわれわれに配ってくれたのはマディソン嬢だった。さて、ラム酒を飲み終えると、水夫長は甲板の索具の整頓と資材の固定を命じた。なので、彼らと仕事をするのにすっかり慣れていたわたしは、一緒に取りかかったところ、船尾楼についてくるよう水夫長に呼ばれた。あとについて上がると、彼は丁重な言葉でわたしに異をとなえた。もう額に汗する必要があなたにはなくなった。なぜなら、あなたはもとの乗客の立場、〈グレン・キャリグ号〉が浸水して沈没する以前の立場にもどったからだと言った。しかし、この申し出に対して、わたしはこう答えた。帰航に際しても、ほかの乗組員と同じように働く、充分な権利をわたしは有している。なぜならば、なるほどわたしは〈グレン・キャリグ号〉の船賃は支払っているが、〈シーバード号〉——これが廃船名である——にはびた一文収めてはいないからだ、と。これに対して水夫長はほとんどなにも言わなかったが、わたしの気概を買ってくれたようで、そのときからロンドン港への到着まで、船乗り稼業の当番割から作業まですべてをこなしたので、わたしは熟達の仕事人になった。ただ、以前の資格をひとつだけ利用した。後部船室を自室に選択させてもらった。このほうが、わたしの恋人、マディソン嬢と会う機会がずっと多くなるからだ。

　島を離れた当日、昼食後に水夫長と二等航海士《セキメート》は当直を選抜した。水夫長の選に入ったのが、わたしはことのほか嬉しかった。そして、当直割の指名が済むと、彼らは総員で上手回しの作業にかかり、船首を風上にまわして、風を反対側の舷で受けるようにした。熟練を要するその作業に成功し、みな喜んだ。というのも、仮の艤装であるうえ、船底には付着物が大量にあるので、風下に進路を変えざるをえなくなって、大幅に距離を損する恐れがあったからだ。だがわれわれは、できるだけじわじわと風上へ進み、海藻大陸との間隔をとろうとした。この日われわれはさらに二度にわたって船を上手回しにした。もっとも二度目は船首を横切る位置に浮かぶ、大きな海藻の堤を回避するためだった。というのも、島の風上の海は、高い方の丘の頂上から見ると、まるで無数の小島のように、あるいはところにより大きく広がる砂州のように、海藻のかたまりが見渡すかぎり広がっていたからだ。そして、これがために島の周囲の海は穏やかで波立たず、大波はもちろん、小波も滅多に寄せない。風はやや強く吹く日が多かったにもかかわらず、そんな調子だった。

晩になると、われわれはふたたび左舷開きに帆を操作し、時速約四ノットで帆走した。だが、もしも適正な艤装がなされ、船底がまっさらなら、八ないし九ノットで航走できるくらいの軟風に恵まれ、波も穏やかであった。それでも、いままでのところわれわれの進航はそれなりに順調だった。

島はおよそ五マイル風下にあり、後方約十五度であった。そしてわれわれは夜の準備に入った。しかし、暗くなる直前、海藻大陸がこちらに向かって突き出ているのを発見した。したがって、二分の一マイルほどの距離に近づいて通過する必要がある。そこで、二等航海士と水夫長のあいだで、この海藻の岬を通過するにあたって、船の進路を変え、海域での操船余地を大きく確保したほうがよいかどうか協議がなされた。しかし、そこまで恐れるにはあたらないとの結論に達した。これまで順調に航程を重ねてきており、距離が二分の一マイルもあれば、これからも海藻大陸に棲息するものを恐れる気づかいはないだろうということだった。そういうわけで、われわれは針路を保った。なにせ、岬さえ通過してしまえば、海藻は東方に向きを変えている公算が高く、もしそうであるならば、われわれは帆桁をただちにまっすぐにして、後方からの追い風を受け、いっそう順調に進めるのだ。

さて、夜の八時から真夜中までの当直を水夫長が務め、わたしともう一人が四点鐘、午前二時までの見張りであった。かくして、ちょうど岬の横に並んだそのときが、われわれの当直時間にあたっていた。われわれは目を皿のようにして風下を見守った。暗い夜で、未明になるまで月は出ない。われわれは不可思議な荒涼の大陸の間近をふたたびかすめるので、不安の極に達していた。すると突然、相棒がわたしの肩をぐいとつかみ、船首方向の暗がりを指差した。水夫長と二等航海士が予定したよりも船が海藻に接近してしまったのをわたしは発見した。船が風下方向へ流される風圧偏位を、彼らが計算違いしていたのは疑いない。このためわたしは振り返り、水夫長に対して大声で海藻に船がぶつかりそうだと言った。すると間髪を入れずに彼は船首を更に風上に向けるよう、取り舵一杯と舵手に怒鳴った。するとその直後、右舷側面が大きく突き出した岬の茂みをこすった。われわれは一瞬息を呑んで衝突を待ちかまえた。だが、船はずるずる進み、岬の先の開けた海域へ抜けた。しかし、船腹が海藻をかすめた際、わたしは希代《きたい》なものを目にした。海藻の茂みを白いものがすべるように動くのがちらりと見え、すぐべつのも見えた。わたしはただちに主甲板に降り、船尾の水夫長へと走った。だが、甲板を急ぐ途中で恐ろしい影が右舷の手摺に上がってきた。わたしは大声で警告を叫んだ。そして、近くの棚から揚錨機《キャプスタン》の車地棒《しゃちぼう》を取り、助けを呼ぶ悲鳴を上げながらその魔物を強打した。わたしの一撃にやられてそいつは見えなくなり、水夫長、そして何人かの男たちがわたしのもとにやってきた。

わたしの一撃を見た水夫長は、高い方の手摺に跳び乗って下を覗いた。だが、たちまち跳び下りると、相方の当直を呼びに走れとわたしに叫んだ。船に向かって泳いでくる魔物で海は溢れていたからだ。わたしは駆け出してまず船員たちを起こしてから船尾の船室に急ぎ、同じく二等航海士を起こすとただちに取って返し、水夫長のカトラス、自分の直刀《レピアー》、さらに社交室に架けっぱなしのランタンを持った。もどってみると、なにもかもしっちゃかめっちゃかだった——男たちはシャツとズボン下姿で走り回り、調理室のストーブの火を運び出す者、その風下で乾いた葦に火をつけている者もいる。そして右舷の手摺に沿ってすでに熾烈な戦いが発生していた。男たちはわたしがしたように揚錨機の車地棒を武器にしていた。すぐにわたしは水夫長の手に彼のカトラスを握らせた。すると彼は喜びと称賛の入りまじった蛮声を張り上げた。それから彼はわたしのランタンを引ったくるやいなや甲板の左舷に駆けつけた。やっとわたしが追いつくと、彼がその瞬間そちらに気を配れたのは船の全員にとって幸いだったとわかった。ランタンの光に左舷手摺を乗り越えた三体の海藻人の不快な顔がわたしに見えたのである。しかし、わたしが近づく間もなく、水夫長はやつらを切り裂いた。だが即座にわたしはそれどころではなくなった。わたしのいるところから少し船尾寄りの手摺の上に、十体近くが頭を出したのである。わたしはとびかかって、大いにやっつけた。しかし、もし、水夫長が加勢に来てくれなかったら、何人かは乗船してしまっただろう。いまや甲板上は光の巷《ちまた》だった。焚火が幾つもたかれ、二等航海士は何器ものランタンを新たに投入していた。そして男たちはいまや揚錨機の車地棒より扱いやすいカトラスで武装し、戦いは激しく続き、何人かわれわれを助けにやってきた。見物人がいたらさぞや異観であったろう。なにせ甲板至るところ焚火とランタンの光があふれ、手摺に沿って走る男たちが、戦いの灯火の荒々しい輝きに浮かび上がってくる忌まわしい顔めがけて切りつけるのだ。

そしてこれらけだものの悪臭がそこらじゅうに立ちこめていた。

そして、船尾楼《プープ》の上でもあちこちで戦いがたけなわだった。助けを呼ぶ悲鳴に応じてわたしがそこに駆けつけると、豊満な女性が血みどろの肉切り包丁で悪鬼に切りつけているところだった。そいつの触腕が服の上から彼女をつかんだが、わたしが直刀で加勢する間もなく敵の息の音を止めてしまった。驚いたことに、そのとき、命懸けの急場にありながら、船長の未亡人が小振りの剣をふるっているのをわたしは発見した。まるで虎のような形相で、唇をめくって歯をむき出しているのだが、悪態の言葉も叫びも発しない。夫の復讐を果たそうとの一念に駆られていたのだろう。

そのままひとしきり大わらわで戦ったあと、わたしは豊満な女性のもとに駆けつけ、マディソン嬢の居所をたずねた。すると彼女は息を切らしながら、危険のないよう自室に鍵をかけて閉じこめてあると教えてくれた。わたしは恋人の無事を知りたくて矢も楯もたまらないところだったから、彼女を抱き絞めることもできそうだった。

やがて、戦いもまばらとなり、ついには終了した。船は岬から遠ざかり、開けた海原に出た。それでわたしは恋人のもとに駆け下り、彼女の船室のドアを開けた。するとしばし、彼女はわたしの首に両腕をかけてすすり泣いた。わたしや船の全乗組員のことが心配で震え上がっていたのだ。しかし、まもなく涙をふいた彼女は、船室に鍵をかけて閉じ込めたお守り役にひどく腹を立てて、一時間近く、あの善良な女性と口を利こうとしなかった。しかし、わたしが彼女に、怪我人の手当で活躍できるじゃないかと言うと、いつもの快活さをとりもどし、包帯、リント布、軟膏を持ち出して、すぐ忙しく立ち働いた。

さてその後、船内に新たな騒ぎがもち上がった。船長の末亡人が行方不明であるのがわかったのだ。この事態に、水夫長と二等航海士は捜索を開始したが、どこにも見つからなかった。実際、二度と誰も船内で彼女を見なかったので、結局、海藻人どもにさらわれて亡くなったと推定された。するとわたしの恋人は三日近く慰めようもないほどひどく落ち込んだ。その間に船はこの不可思議な海域を脱し、海藻大陸の信じ難い荒涼は、はるか右舷の水平線下に没した。

そうして、錨を揚げてから七十九日間続いた航海ののち、途中のあらゆる援助の申し出を辞退し、独力でロンドン港に入った。

ここでわたしは長い月日と命懸けの冒険を共にした仲間たちに、別れを告げなければならなかった。しかし、まったく資産のない者については、わたしへの思い出のよすがとしての贈り物を受け取ってもらった。

そして、わたしは豊満な女性に金をあたえた。わたしの恋人の世話を辞める理由はないからだし、また彼女はその夫を教会へ——良心のとがめを無くすため——連れて行き、わたしの地所の外れに小さな家を建てた。しかし、これはマディソン嬢がエセックス州の所領にあるわが館の女主人の座に収まってからのことだ。

さて、もうひとつわたしは語らなければならない。もしもわたしの地所にうっかり侵入してしまった者がいたら、たとえ歳のせいで多少腰が曲がっていても、がっちりした大きな図体の人物が、彼の小さな田舎家の戸口で泰然と坐っているのに出くわすだろう。彼がわたしの友人の水夫長である。というのも、今日まで彼とわたしは親交を重ね、自ずと会話はこの地球の荒廃の地におよび、われわれがこの足で踏み込んだ——海藻大陸、その希代《きたい》な生き物が棲息する、荒涼と恐怖の領する地についてあれこれ考えてしまうのだ。そして、次には樹木のかたちを真似た怪物たちを神がつくりたまいし地について小声で話すのである。やがて、わたしの子供たちが寄ってきたら、二人は話題を変えてしまう。というのも、過度の恐怖は子供にはふさわしくないからだ。

訳者寄り道——あとがきに代えて

空には気圧、水には水圧、人の世には語圧がある。

昨年の夏、日本語がもっとも生き生きとやり取りされている酒場を教室にして、文章表現法の講義をやってみたいとふと思いつき、演劇関係の知人に相談したら、さっそく高円寺のスタジオで「れろれろ文章表現法」と題した〝お通し講義〟が、俳優さんたちを主な対象にして実現した。

市民大学、夏期大学など模擬大学の試みは数多い。早くも大正時代、新潟県では八海自由大学が地方の篤志家の手によって成立しているが、いずれも大真面目で、酒を飲みながらのユニバーシティというのは聞いたことがない。たまたま昨年、その八海自由大学の故地を訪ねた。旅のついでに三国街道を十数キロ北上した小千谷にも、足を伸ばした。

というのも、ちょうど四十年前、師匠の平井呈一さんが亡くなったと荒俣宏氏から電話があり、千葉県のお寺に駆けつけたぼくらは、その死に顔をじっと見つめて手を合わせた。そこには親族だけでなく、遠く新潟から弔問に訪れた壮年の人達もいて、ぜひ〝おぢや〟にいらっしゃいと掛けられた言葉がなぜか忘れられなかったからである。超時代的な平井さんの人生のなかで、戦時下における小千谷での教師時代は、逆説的に平和で充実した日々だったのではないだろうか。

はじめてお会いしたのは、一九六〇年代の後半だった。江戸から抜け出してきたように和服を着こなした老人で、上野風月堂や、広小路の和菓子舗の奥座敷で、A・マッケンの話などを伺ったのも、お茶受けに出されたどらやきの美味しさに一驚したのも忘れられない思い出だ。

今にして、謦咳《けいがい》に接するという言葉の大切さがつくづくとわかる。荒俣氏の後ろから散発的に接したわたしにとっては、不可解のかたまりのような人物であった。あのような雰囲気を身にまとう人物には、それ以来、出会ったことがない。その背後には永井荷風、河東碧梧桐が、佐藤春夫がいて、もひとつ後ろには江戸文学や西洋文学がひかえていたのだから、若造なぞに見通せないのはあたりまえだろう。感染力をもつ複雑な妖しい文人気質のようなものが、無意識にもひとしい領域で、得体の知れない影響をおよぼした——いや、あたえてもらった気がする。独特ののびやかな書風で「月の夜は月煌々と眠る山　呈一」と墨書された色紙を眺めながらこの一文を書いているが、片方の月はかすれて傾き、文字の大きさもさまざまでありながら、独自の境地を見せている。たった一枚で、その人となりを彷彿させる逸品だ。

昨年この色紙を贈ってくれたのも、そもそも平井さんの謦咳に接する幸運をあたえてくれたのも荒俣氏である。高校の図書館に入り浸っているうち親しくなったのだが、荒俣氏は当時から言葉については非凡な才が際立ち、書いて良し、語って良しのまさに高語圧の人であった。

六〇年代末、大学によく泊まっていた。夏には貸し布団屋が大量に持ってきたお礼のスイカにありついたこともある。向かいの教室には下宿を引き払って住んでいる学生の洗濯物がいつも吊られていた。ぼくはパルプ雑誌を持ち込み、メリットの「ムーン・プール」を暇なときには読んでいた。当時、フリーダム・ユニオンというのもあったし、各種の自主講座も盛んだった。大学があれほど自由な言論の場であったことはない。血の通う言葉が全身で立っていた。すべての訴求力の根源にあったのは、正義や理屈ではなく、その生きた言葉の力だ。ほんの短い期間ではあったが、一部の学校では確かに自由大学の理想が甦ったのである。マドレ・ミーア！

わたしはそれから出版社に入り、半村良事務所で世話になって、翻訳の仕事をこなし、そのかたわら大学で文章表現法などを担当してから十年になる。われながら寄り道ばかりのまことに雑然とした人生だ。しかし、一貫性がなくもないことに最近気がついた。それは自分が高語圧の人や職場を選択して歩んできたという事実だ。

さて、ホジスンのこの作品は、いわば、海藻のひしめく秘境での怪奇冒険物語。セピア色の南海難船奇譚である。これで、長編はすべて出揃ったが、どれとも似ていない。三部作と称されるうちの『幽霊海賊』などは海洋長編として姉妹編ともいえるはずなのに、その持ち味、書きっぷりはまるでちがう。翻訳紹介が遅れた分、先入観のある読者には驚きだと思う。一九〇七年に発表された本作は、若き日に特異な経験をした父が、後の一七五七年になって息子に口述した設定となっている。自分の分身でもある息子が大人になって、はじめて明かされる不可思議な秘境とは、誰もが通るのに、過去形でしか語れない青春の謂《いい》でもあるからだ。

作中の語りや記述、時間は重層的に交錯し、名前のない人物も多く、人称も融通無碍に変化する。朦朧体という、輪郭が不分明な描法を思わせる。この世界と異界は滲んで、区切る線がない。しかも異常なくらい細部にこだわった描写で、実に密度が濃い。輪郭のない恐怖を描いて、飽きさせない。訳すのは厄介だが、読みはじめたら容易にやめられない、文句なしに高語圧の作品だ。

ところで、本作のなかには印象的な場面が幾つもあるし、船員生活を経験した作者ならではの描写もある。そのなかでも、島から船に乗り移った主人公が、見張り台から目にする夜景の場面は他を圧している。昨日まで自分がいた頂上の火群《ほむら》を、二人で仰ぎ見る。それは岩が黒くて大きな方の丘だ。簡潔ながら、作者が一番書きたかったのは、この場面かも知れないと思わせるくらいのイメージの喚起力が備わっている。

ついでに訳文の原則について触れておきたい。頻出する海事用語については定訳の選択を心掛けたが、語によっては意味が取りやすい表現に変更した。さらに、読みの流れを阻害せぬよう訳注方式ではなく、文中に最小限の説明を入れ込んだことを、あらかじめお断りしておく。また、ひとかたならぬお力添えで翻訳の船足を保ってくれた、編集の牧原勝志氏に厚く御礼申し上げる。

さて、「れろれろ文章表現法」は表現というものの根源をたずね、幼児期の音体一致にたどり着き、それなりに納得してもらえたようだった。最後に全員で〝れろれろ万歳〟を三唱して打ち上げた。失敗も覚悟のうえの無謀ともいえる試みだったが、聞き手と語り手の区別無く語圧も高まり、意外にうまくまとまった。いま思えば、どちらもヤクシャだったからだろうか。

それにしても、なぜわたしは高語圧の人や場所や作品に惹かれてきたのか。

答はひとつしかなさそうだ。それは自分が、低語圧だからだ。黙っている方が性に合っているし、寸暇を惜しんで書いたりするより、ぼんやりしているほうが落ち着く。言葉を換えれば、わたしはごく普通の人間にすぎない。だからこそ、本書は誰もが楽しめる、奇想に溢れた小説であると、自信を持って最後に付け加えておきたい。

ウィリアム・ホープ・ホジスン William Hope Hodgson
1877年、英国エセックス州に生まれる。十代で船員となり、苦労のすえ三等航海士の資格を取得。下船後、体育学校の経営者、写真家を経て、1904年に小説家となる。代表作に怪奇長篇『幽霊海賊』『異次元を覗く家』(アトリエサード)、幻想長篇『ナイトランド』(原書房) などがある。1914年、第一次世界大戦に従軍し、1918年にベルギーで戦死。後に再評価され、海洋奇譚集『海ふかく』(国書刊行会) はじめ多くの作品が出版された。

野村 芳夫 (のむら よしお)
1948年、東京都に生まれる。出版社編集部員、小説家・半村良のアシスタントを経て、英米文学翻訳家に。淑徳大学兼任講師。訳書にウィングローヴ《チョンクォ風雲録》、ケルーシュ『不死の怪物』、クーンツ『ライトニング』(文藝春秋)、ウェルマン『ルネサンスへ飛んだ男』(扶桑社)、ウィリアムスン『エデンの黒い牙』(東京創元社) など多数。荒俣宏編《怪奇文学大山脈》(東京創元社) の編纂に協力、翻訳にも参加。

ナイトランド叢書

〈グレン・キャリグ号〉のボート

著　者　ウィリアム・ホープ・ホジスン

訳　者　野村芳夫

発行日　2016年4月5日

発行人　鈴木孝

発　行　有限会社アトリエサード
東京都新宿区高田馬場1-21-24-301 〒169-0075
TEL.03-5272-5037 FAX.03-5272-5038
http://www.a-third.com/ th@a-third.com
振替口座／00160-8-728019

発　売　株式会社書苑新社

印　刷　モリモト印刷株式会社

定　価　本体2100円＋税

ISBN978-4-88375-226-3 C0097 ¥2100E

 Printed in JAPAN

www.a-third.com